이토록
낚시가
좋아지는
순간

이토록 낚시가 좋아지는 순간

초판 1쇄 인쇄 2023년 1월 25일
초판 1쇄 발행 2023년 2월 10일

지은이 전명원

펴낸이 우세웅
책임편집 김휘연
기획편집 정보경
북디자인 김세경
영상 콘텐츠 제작 전다솔

종이 페이퍼프라이스㈜
인쇄 (주)다온피앤피

펴낸곳 슬로디미디어그룹
신고번호 제25100-2017-000035호
신고연월일 2017년 6월 13일
주소 서울특별시 마포구 월드컵북로 400,
상암동 서울산업진흥원(문화콘텐츠센터) 5층 22호
전화 02)493-7780
팩스 0303)3442-7780
전자우편 wsw2525@gmail.com(원고투고·사업제휴)
홈페이지 slodymedia.modoo.at
블로그 slodymedia.xyz
페이스북.인스타그램 slodymedia

ISBN 979-11-6785-112-3 (03810)

낚시를 통해 느낀
삶에 대한 단상의 기록

이토록 낚시가 좋아지는 순간

전명원 지음

SEOLREM
설렘

프롤로그

낚시를 떠나기에 앞서

"낚시가 왜 좋아요?" 사람들이 종종 내게 묻는 말입니다.
"여자가 낚시를 하다니!" 이 말도 자주 듣습니다.

궁금해 하는 그들 앞에서 좋은 것에 달리 이유를 댈 수는 없었습니다. 낚시를 하러 가는 길도, 낚싯줄이 부드럽게 호를 그리며 날아가 수면에 살포시 내려앉는 순간도 가슴이 뛸 정도로 좋았습니다. 물고기가 물 위를 동동 떠가는 작은 미끼를 전광석화처럼 튀어 올라 잡아채는 순간엔 심장이 발밑까지 떨어지는 것 같기도 했습니다. 그 놀람과 흥분의 순간에 뒤이어, 물고기가 낚싯줄을 팽팽하게 당기는 그 날 것의 느낌은 중독적이기까지 합니다.

그뿐 아니라 저에게 낚시란, 물고기를 잡는 행위뿐 아니라 그 일련의 모든 것을 포함하는 즐거움입니다. 물가로 떠나는 이른 새벽의 고요가 얼마나 벅찬지, 밤의 고속도로에서 차의 헤드라이트 불빛이 얼마나 예쁘게 퍼져나가는지, 이런 것도 꼭 이야기 하고 싶었습니다. 그리고 무엇보다 낚시의 하루가 제게 남겨준 소중한 단상들을 함께 나누고 싶었습니다.

저는 낚시를 처음 시작했던 2005년 늦가을 즈음이나 지금, 잡는 것에 별반 다를 것 없는 낚시꾼입니다. 그때보다는 나아졌지만, 여전히 "여자가 낚시를 하다니…"라고 말하며 신기한 듯 쳐다보는 시선을 종종 받기도 합니다. 특히 인적 드문 산골 동네 어르신들의 호기심어린 시선에는 꽤 익숙해졌습니다.

이 책은 변변치 못한 낚시꾼의 모자란 조행기이기도 하고, 물가에서 누린 이런저런 생각의 즐거움에 관한 기록이기도 합니다. 제가 물가에서 느낀 그 적요한 시간의 감상이, 이 글을 읽는 모든 분께도 전해졌으면 합니다.

전명원

차례

이 빗속에 돌아다니는 것은

플라이 낚시꾼이라면, 한 번쯤 읽어봤을 책 중에는 폴 퀸네트Paul Quinnett의 《인생의 어느 순간에는 반드시 낚시를 해야 할 때가 온다》가 있다. 나 역시도 그 두꺼운 책을 읽었는데 퍽 좋은 문장이 많다. 일생을 플라이 낚시꾼으로 살아 온 저자가 쓴 그 책에는 낚시에만 해당하는 것이 아닌, 인생에 관해 두고두고 곱씹어볼 문장들이 많아서 읽는 내내 마음을 붙잡는다.

하지만 낚시꾼으로서 그 책에서 가장 인상 깊은 문장 하나를 꼽으라면, "비 올 때 돌아다니는 건 낚시꾼과 개밖에 없다"라는 문장이다. 기억이 정확하지 않지만 그냥 개가 아니라 미친개였는지도 모르겠다. 어쩌면 미친개가 좀 더 맞는 말 같기도 하다. 이는 낚시꾼이라면 충분히 이해가 가는 문장이다.

낚시를 가려고 마음먹은 그날은 딱, 그런 날이었다. 비가 오는 날. 예보 상으로는 밤사이 비가 살짝 오다가 금방 그친다고 했다. 팔뚝만 한 송어나 산천어를 낚아 올릴

지 모른다는 기대에 부풀어 전날 일찍 잠자리에 들었다. 하지만 새벽어둠 속에 장비를 챙겨 들고 살금살금 집 밖으로 나섰을 때, 비가 흩뿌리고 있었다. 순간 그대로 선 채로 잠깐 망설였다. 그냥 갈까, 가지 말까.

결국 30초 후에 나는, 차에 시동을 걸고 살그머니 동네를 빠져나와 달렸다. 강원도에 도착하려면 두 시간 반은 넘게 걸린다. 그동안 비는 그칠 거라고 생각했다.

그러나 도착한 계곡엔 여전히 비가 내리고 있었다. 도시였다면 이 정도의 비에도 우산을 꺼내 들었을 것이 분명하다. 아주 가느다란 빗방울이 내린다기보다는 미스트처럼 흩날리는 듯했다. 하지만 꾸준히 내려서였을까, 이미 사방이 비에 젖은 이른 새벽이었다. 편도 세 시간에 가까운 거리를 달려왔으니 이 정도 비에 낚싯대를 펼치지 않는다는 것은 말도 안 된다고 생각했다. 나는 야심차게 낚싯대를 펼치고, 릴을 끼웠다.

계곡에서 낚시할 때는 물속에 들어가야 하므로 네오프렌*neoprene*으로 만든 일종의 방수 바지인 웨이더*wader*를 입는다. 돌밭을 걸어야 하니 바닥에 펠트*felt*가 붙어있는 계류화도 신는다. 신발 끈을 꽁꽁 묶고 매듭을 다시 한번 점검한다. 물속을 걷다 보면 물살에 매듭이 풀려 넘어지기도 했었다.

사방이 비에 젖어 촉촉하게 빛나는 그 새벽에, 웨이더와 계류화를 착용한 나는 저벅저벅 소리를 내며 그렇게 계곡 속으로 들어갔다.

낚시꾼들 중 야박한 사람은 없었다. 그들은 늘 하나라도 더 알려 주려 했고, 조과낚시로 고기를 낚은 성과가 좋았던 미끼를 흔쾌히 나누어주기도 했다. 새로 묶은 멋진 미끼들을 나눠주는 그들 덕에 내 훅 박스는 다양한 미끼들로 가득 차 있었다.

플라이 낚시의 미끼는 크게 세 종류이다. 물에 뜨는 것, 물속에 살짝 잠기는 것, 그리고 무게가 나가는 비드를 달아 가라앉히는 것. 나는 주로 날벌레를 본떠 물에 뜨게 만든 미끼를 쓰는 드라이 낚시를 좋아한다. 훅이라고 부르는 벌레를 닮은 미끼가 물 위를 둥둥 떠가는 것을 보는 즐거움, 그리고 물고기가 물속에서부터 뛰어올라 그것을 채가는 순간을 보는 것이 좋았다.

하지만 오늘은 비가 온다. 비 오는 날에 날벌레가 있을 리 없다. 십 년도 넘게 낚시를 했어도 여전히 어설픈 낚시꾼이지만 속으로 이 정도 생각은 한다.

'비가 오네. 그렇다면 오늘은 드라이 대신 웨트를 써야겠군.'

웨트 낚시의 미끼는 물속에 살짝 잠긴 채로 유속을 탄다. 큰 무게가 없는 미끼를 던져 넣고 물의 흐름을 따라 물속에서 그것이 헤엄을 치는 광경을 상상했다.

'미끼는 물이 흐르는 방향으로 따라 흘러내려 간다. 돌 틈에 쉬던 송어 한 마리의 눈에 들어온 미끼는 그에게 벌레인 듯 보인다. 아주 잠깐 망설이며 그 벌레를 주시하던 송어는 튕기듯 튀어 나가 잽싸게 그 벌레를 입으로 낚아챈다. 일순간 낚싯줄이 팽팽하게 당겨진다.'

미끼를 물속에 흘려보내고 그 미끼가 유영하는 모습을 상상하던 나는, 그 순간 물속에서 강하게 당겨지는 힘을 느낌과 동시에 낚싯대를 잡은 팔에 힘을 주어 대를 세웠다. 가느다란 낚싯줄을 타고 물고기의 힘이 그대로 전해져 왔다. 나의 힘도 똑같이 전해질 것이다. 우리는 둘 다 힘을 다해 서로의 반대 방향으로 줄을 당겼다. 실랑이 끝에 물고기가 모습을 드러냈다. 기대했던 송어는 아니었지만, 근래 보기 드물게 큰 산천어였다. 뜰채에 담고 이 순간을 사진으로 한 컷 남겼다. 바늘을 빼주고, 고마움과 반가움 그리고 아쉬움의 마음을 모두 담아 작별 인사를 건네며 물로 돌려보내어 주었다.

흐르는 계곡물을 뒤로 하고 도로를 향해 돌아섰다. 날이 좋아도 지나가는 차가 드문 시골의 길 위에 비까지 내리니 차도, 사람도 지나가지 않았다. 미친개도 역시 보이지 않았다. 하지만 낚시꾼인 나는 이 빗속을 좀 더 돌아다녀야겠다고 생각한다.

'자! 다음 포인트로 가자!'

잡아먹지 않습니다만

내가 피부가 하얀 것은 배 속의 아기였을 때 엄마가 잉어를 하도 고아 먹어서 그런 거라고 했다. 젊은 시절의 아빠는 낚시를 좋아해서 한동안 잉어를 자주 잡아 온 덕이라고 말이다.

"잉어를 솥에다 넣고 오래 고았더니 곰국처럼 뽀얗게 되더라고." 엄마는 말했다.

하지만 잉어 외에 잡은 물고기를 집으로 가지고 오시는 것은 거의 못 보았다. 잉어 역시 내가 모르던 시절의 이야기이므로 내가 뚜렷하게 기억하는 것은 오로지 향어이다.

이전에는 우리나라 물에 없던 물고기라고, 붕어보다 크고 손맛이 좋다며 아빠는 한동안 향어 낚시에 빠지셨다. 그러다 어느 날인가 잡은 향어를 집에 가지고 오셨다. 엄마에게 붕어찜 하듯 해보라 했지만, 상상하던 맛이 아니었는지 아빠도 더는 향어를 집에 가지고 오시진 않았다. 어렸던 우리 역시 고등어도, 갈치도 아닌 이상하게 크기만

한 물고기에 도통 젓가락을 대지 않았다.

플라이 낚시의 모토가 '*catch and release*'이기도 하지만 나 역시 내가 잡은 물고기를 집에 가지고 오는 일은 없다. 바닷고기도 아닌 민물고기를 굳이 가지고 올 이유도 없지만, 요리엔 소질이 없는 사람이 음식 재료가 된 물고기를 가지고 할 수 있는 것은 거의 없었다.

다른 낚시꾼들도 이야기했다. 직접 잡은 것을 먹어보지 않은 건 아니지만, 어쩐지 내 손으로 잡은 건 맛이 없더라고 말이다. 어부와 낚시꾼의 차이는 그런 것 아닐까, 생각했다.

겨울철 저수지 낚시터에 봄이 오기 시작하면 냉수성 어종인 무지개송어의 계절도 끝나간다. 겨울이 아닌 계절에는 주로 붕어를 낚는 대낚시터로 운영하는 것이다. 3월에 들어서자 저수지 낚시터의 사장은 잡은 송어를 가져가라고 했다. 더러 가져가는 사람도 있었고, 마다하는 사람도 있었다. 몇몇이 모여 저수지 한편에서 송어로 바비큐를 하기도 했다.

바람이 몹시 부는 날이었다. 지금은 낚시하러 가기

전에 기온뿐 아니라 풍속까지 체크하며 핑곗거리를 찾는 게으른 낚시꾼이 되었지만, 그 시절 초보 낚시꾼에겐 파라솔이 뽑힐 정도의 바람 따위는 전혀 문제가 되지 않았다. 물론 그 강풍 속에 낚시가 될 리 없었다. 억센 바람이 잦아들고, 해도 넘어갈 무렵 낚싯대를 접는 나에게 누군가 송어 두 마리를 검은 비닐봉지에 담아 주었다. 함께 낚시하던 낚시꾼 중 하나였을까, 낚시터 사장이었을까. 정확하게 기억나지는 않지만, 얼떨결에 건네받은 검은 봉지 속 송어 두 마리를 어쩌지 못해 결국 집에 가져왔다.

신기한 마음도 없지 않았다. 그때까지 나는 송어를 먹어본 적이 없었으므로 대체 내가 낚으러 다니는 이 송어는 어떤 맛인 건가, 하고 말이다. 칼집을 내어 버터를 넣고 소금을 뿌려 구우면 제법 맛이 있다고들 했다. 하지만 물컹거리는 송어를 손질할 재주가 없었으므로 그대로 들고 엄마에게 갔다.

"네 아빠도 안 들고 오던 물고기를 가지고 왔어? 누가 낚시꾼 딸내미 아니랄까 봐 물고기를 잡아 오네, 어이구."

엄마는 기막혀하면서도 웃으셨다. 내장을 손질하고, 칼집을 넣고 구워서 저녁 반찬으로 내어 주셨다. 구워지니 연한 붉은빛의 살점이 마치 연어 같기도 했다. 맛 역시 연어처럼 담백했다. 그럼에도 불구하고 마음은 그렇지 않았다. 내가 직접 낚아 올린 송어가 아니었더라도 그날 엄연히 나의 대상어였던 물고기가 밥상에 올라와 있는 모습은 어쩐지 짠하기도 했다. 이런 느낌이었구나, 하였다. 오랜 낚시꾼들이 직접 잡은 고기는 맛이 없더라고 했던 말이 그제야 이해되었다.

겨울철 저수지의 송어 낚시를 하지 않은지는 여러 해 되었다. 하지만 여전히 봄가을이면 계곡의 무지개송어를 낚는다. 당연히 잡은 송어를 집에 가지고 오지 않는다. 십 년도 훨씬 넘은 낚시꾼 생활에 이제 물고기가 신기할 것은 없다. 나는 여전히 잘 잡는 낚시꾼이 아닌데다가, 큰 고기에 썩 욕심도 없는지라 사진마저 잘 찍지 않는다.

하지만 아주 가끔은 낚은 물고기를 다시 물로 돌려보내기 전 물끄러미 눈을 맞춰 본다. 그러다가 혀를 끌끌 차면서도 낚시꾼 딸이 들고 온 송어를 구워주시던 엄마와 그 어느 날의 식탁 풍경이 잠시 떠오를 때도 있다.

무용한 것의 무용하지 않음

무용한 것으로 따지자면, 낚시만 한 것도 없다. 잡아 먹거나 내다 팔 것도 아닌, 취미로의 낚시 말이다.

"낚시를 하면 돈이 나오니, 밥이 나오니! 오전엔 좀 쉬지, 그 먼 데를 왜 또 가!"

엄마는 내가 오후수업을 하기 전 동네 옆집 가듯 강원도로 낚시 간 걸 알고, 늘 잔소리했다. 그렇게 하루 낚시를 다녀오면 며칠은 잔소리를 들었다. 그래도 나는 기온과 바람이 들어맞는 봄가을이면, 또 새벽 두 시에 집을 나섰다. 캄캄한 영동고속도로를 달려 '돈도, 밥도 나오지 않는' 낚시를 하고 부리나케 돌아와 출근하곤 했다.

지금도 여전히 해마다 봄이면 날씨 어플을 끼고 산다. 처음 낚시를 시작했을 즈음에는 엄동설한에도 용천수가 흘러 겨우내 계곡이 얼지 않는 물줄기에 들어가 낚시를 했다. 이제 적당히 게으르고, 적당히 여유가 생긴 17년 차 낚시꾼이 된 후로는 영상 기온이 아니면 낚시를 하지 않는다. 추워도 가지 않고, 바람이 조금만 불어도 가지 않는다.

그래도 봄이 오면 첫 출조를 준비하는 마음이 들썩이긴 마찬가지다. 겨우내 기다려온 봄날의 계곡으로 덜컥 마음이 이끄는 날이 있어, 그런 날이면 무작정 강원도로 내달리기도 한다.

올해 처음 출조했던 날도 역시 그런 날이었다. 며칠간 기온이 들쭉날쭉했고, 먼저 다녀온 사람들은 계곡에 물이 없어도 너무 없다고 했다. 그러다가 비가 며칠 내렸다. '그렇다면 계곡에 물이 늘었겠구나' 하고 혼자 쾌재를 불렀다. 마음이 너무나 들썩였으므로 한낮에는 영상 2도에서 7도까지도 오른다는 예보를 믿고 싶었다. 그렇게 올해 첫 낚시를 위해 물가에 섰다.

그러나 도착한 강원도의 계곡은 영상은커녕 체감 영하 2도의 추위였다. 게다가 바람이 잦아든다는 예보 역시 맞지 않아 간혹 돌풍과도 같은 바람이 물 위를 헤집고 지나갔다. 내린 비는 다 어디로 갔는지 계곡의 물은 터무니없이 부족해 보였다. 끝내 날은 개지 않았다. 하루 종일 해는 나지 않았으며, 정오 무렵엔 몇 방울 차가운 비가 흩뿌리기까지 했으니 조과에 대한 기대가 부푼 한 해의 첫 출조 날씨로는 그야말로 최악이었다.

시작부터 이러했으니 올해 첫 출조일의 낚시는, 무용한 것으로 치자면 최고였다. 고유가 시대에 왕복 여섯 시간이 걸리는 강원도 계곡에서 보낸 하루 종일, 단 한 번도 물고기 입질이 없었다. 여러 종류의 미끼를 바꾸어 보았고, 계곡 줄기를 따라 이리저리 자리를 옮겨보았으나 물고기는 그 어디에서도 입질하지 않았다. 심지어 물속에 지나가는 물고기 한 마리조차 보이지 않았다.

동네 할머니를 만났다. 돌아서 계곡으로 내려가려는 내게 먼저 손짓을 하셨다.

"여기 우리 마당 뒤로 내려가요, 닭장 옆으로."

감사 인사를 하고, 계곡으로 내려갔지만 한참을 계곡 따라 낚시하도록 잡은 것은 없었다. 다시 닭장을 지나 마당으로 들어섰을 때 할머니가 웃으셨다.

"좋은 취미네, 유유자적 세월을 낚으러 다니고."

멋쩍은 인사를 하고 나오며, 나 역시 혼자 웃었다.

낚시를 하러 다닌다고 하면 대부분 하는 말은 비슷했다.

"놓아 줄 걸 뭐 하러 잡아."

"세월을 낚으러 다니는구나."

거의 이 두 가지 중 하나였다. 때로는 둘 다이기도 했다. 그렇다. 일찍이 강태공이 빈 바늘로 세월을 낚은지라 사람들은 낚시라면 모두 세월을 낚는다는 생각을 먼저 한다. 은퇴한 어르신의 시간때우기용 취미라는 오랜 이미지가 남아있기도 하다.

나 역시도 "세월을 낚는다"라는 말을 종종 생각한다. 주나라의 강태공은 빈 바늘을 물에 드리우고 때를 기다리며 세월을 낚았다지만, 평범한 나는 빈 바늘을 드리울 만큼 욕심이 없지는 않다. 달리 기다리는 큰 뜻이 있어 그런 세월을 꿈꾸고 있는 것도 아니다.

강원도는 내가 사는 곳보다 봄이 더디 오고, 따스한 바람이 늦게 불었다. 가을이 빨리 왔고, 겨울바람이 먼저 불었다. 다만 강원도에서 낚시하는 하루만큼은 그 어느 계절이든 언제나 시간이 천천히, 높낮이 없이 흘렀다. 계곡물살이 한데 몰려 흰 포말을 이루는 걸 볼 때도, 햇살의 조각들이 내려앉아 반짝이는 물가에서도 그렇게 아주 천천히 하루가 갔다. 그렇게 천천히 흐르는 하루를 낚았으니, 어쩌면 세월을 낚는다는 건 맞는 말인지도 모르겠다.

낚싯대를 접고, 물가를 걸었다. 지난가을 끝 무렵과 달라진 것은 없었다. 산도 물도 변함없이 그대로였다. 몇 채 없는 산골의 집들도 마찬가지였다. 동네랄 것도 없는 마을엔 구멍가게가 하나뿐이다. 그 가게에서 기르는 늙은 개가 구부정한 걸음으로 산책하러 가는 뒷모습도 보았다. 모든 것이 여전하다는 건, 좋은 일이다. 산과 들, 집과 마을이 여전하다. 그 여전한 풍경들 속에 낚시꾼으로 선 나를 생각한다. 나 역시도 지난겨울을 넘기고 새봄을 맞았지만, 여전히 물가에 서 있다. 좋은 일이고, 좋은 하루다. 그러면 되었다. 무용한 것은 결코 무용하지 않다.

그곳엔 열목어가 산다

내가 낚시를 취미로 갖기 전, 물고기는 그저 생선일 뿐이었다. 그러니까 식탁 위에 올라오는 반찬으로서의 물고기가 아닌 물고기에 대해서는 거의 알지 못했다.

초등학교 다닐 때 우리가 오산 아줌마라고 부르던 분은 오산 세마대 밑에 살았다. 그 시절만 해도 세마대 주변은 아주 시골이어서 그분의 집에 놀러 갔을 때 본 마을은 내게 신세계였다. 동네 오빠들이 개천에서 족대로 물고기 잡는 것을 보고는, 우리도 물에 첨벙 들어가 돌을 들추며 놀았다. 무언가 헤엄쳤고, 나는 얼른 그것을 손에 잡고 소리쳤다.

"나, 물고기 잡았어!"

신이 난 나와 달리 오빠들이 얼른 그것을 떼어 내어 주었다.

"안 돼! 거머리야!"

금세 손바닥 위로 빨갛게 피가 올라왔다.

거머리와 물고기도 구별 못 하던 아이는 어른이 되어서 뒤늦게 낚시꾼이 되었다. 엄마는 내가 배 속에 있을 때 아빠가 잡아다 준 잉어를 고아 먹은 이야기를 종종 했다. 나에게 낚시꾼의 유전자가 있는 것은 분명했다. 하지만 막상 나는 붕어와 잉어도 구분 못 하는 사람이었다. 그러니 더더욱 강원도 계곡의 물고기들을 구별할 리 없었다.

갈겨니를 잡고 산천어라고 환호했으며, 그 당시 산란 금어기가 지나고 5월부터 낚을 수 있던 열목어는 가을이 되어서야 겨우 눈먼 녀석 하나를 낚아보았다. 일자무식一字無識이나 다름없던 낚시꾼은 이제 영동·영서의 어종이며, 있어야 할 곳의 물고기와 있으면 안 될 곳에 있는 물고기 정도는 구분할 줄 아는 낚시꾼이 되었다.

예로부터 태백산맥을 기준으로 해서 영동 지역엔 산천어가, 영서 지역엔 열목어가 살았다고 한다. 인간의 손이 닿으며 산천어는 이제 영서 지역 계곡에서도 발견된다. 심지어 산천어와 열목어를 한 계곡에서 잡는 일도 있다. 앙칼진 산천어에 비해 열목어는 순한 얼굴을 하고 있다. 그 순한 얼굴의 열목어는 지난 2012년 5월 31일, 환경부에 의해 멸종위기 야생생물 2급으로 지정되었다. 우리나라 어느 계곡에서든 더 이상 열목어 낚시를 할 수 없게 되었다. 낚시 금지가 되기 이전에도 열목어는 별도의 낚시 금지구역이 있었고, 정해진 금어기가 있었다. 환경부에서는 그것으로 충분하지 않다는 조사 결과를 냈으니 멸종위기 2급으로 지정했을 것이다.

당연히 이견이 많았다. 열목어는 플라이 낚시의 주요 대상 어종 중 하나이다. 플라이 낚시는 모토가 '*catch and release*'이기 때문에, 잡은 고기를 모두 놓아준다. 낚시꾼들은 대부분 열목어를 잘 낚았다. 개체수가 저리 많은데 멸종위기 어종이 되어 아예 낚시 행위가 금지되니 안타깝다고 했다. 나 역시 말했다.

"나 같은 얼치기 낚시꾼이나 못 잡지 다들 엄청나게 잘 잡던데…. 물속에 저렇게 많은 열목어가 보이는데 멸종위기라고?"

낚시를 하는 사람들 사이엔 '포인트'라는 것이 있다. 물고기가 모여있으므로 잘 잡히는 곳을 말한다. 낚시꾼들은 오랜 세월 그 계곡에서 낚시를 했으니 포인트를 잘 안다. 심지어 계절마다, 날씨마다 달라지는 포인트를 알고 있었다. 그러니 그들은, 열목어가 저리 많은데 무슨 멸종 위기냐 하는 것인지도 모른다.

하지만 낚시 포인트가 아닌 열목어의 세계, 그 전체를 생각해보면 그들은 부침을 겪고 있는 것이 분명하다.

냉수성이며, 1급수 어종인 그들이 살던 계곡엔 펜션이며 식당이 너무 많아졌고, 지구는 뜨거워지고 있다. 이러한 환경오염이나 수온 증가로 인해 분포지역도 점점 줄고 있다고 한다. 전 세계에서 열목어의 남방한계선이 우리나라의 낙동강 상류 봉화 쪽이라고 하니 어쩌면 우리나라의 열목어들은 그 최남단을 지키며 치열하게 버텨내고 있는 중인지도 모르겠다.

사람이 길을 내고, 길은 사람을 이끈다. 그러므로 깊은 산간 계곡이 전과 같기는 쉽지 않다. 남방한계선을 지켜내며 치열하게 오늘을 버텨내고 있을 열목어를 생각한다. 오래전 오대산 줄기에도 흔하게 살고 있었다던 그들의 옛 시절을 상상해본다. 내가 할 수 있는 응원의 방식을, 응원하는 마음을 표현하는 방식을 좀 더 생각해보는 밤이다.

꽃이 피기를 기다린다

낚시꾼마다 정도의 차이는 있으나 대부분 앓게 되는 병 중 하나가 장비 병이다. 나는 무리를 지어 낚시하는 일이 드문 나 홀로 낚시꾼이었던 덕에 다른 이의 장비를 구경할 일이 적었다. 구경하더라도 기능에 중점을 두는 대부분 낚시꾼과는 달리 예쁜 것을 찾는 얼치기 낚시꾼이기도 했다.

낚싯대는 더 예쁘고 말고 할 것 없이 대부분 비슷했다. 내가 유심히 보는 품목은 릴이었다. 릴은 낚싯줄을 감아놓는 일종의 실패이며, 낚싯대에 끼워 사용한다. 그렇기에 릴은 기능적인 면도 있겠으나, 내 눈에는 낚시 장비 중 유일하게 예쁜 것을 좋아하는 취향을 반영할 수 있는 영역이기도 했다.

낚시꾼이 된 초기엔 저렴한 초심자용 세트만으로도 뿌듯하더니 조금씩 낚시의 경험이 쌓이자 나 역시도 장비에 눈이 가기 시작했다. 괜히 낚시 가게를 들여다보기도 했고, 낚시 용품을 파는 인터넷 사이트에선 한동안 떠나지 못했다.

신기한 것은 이런 장비 병은 주로 겨울에 도진다는 것이다. 유독 나만 그런 것은 아닌 듯했다. 모두는 아니어도 겨울에, 혹은 바빠서 낚시를 자주 다니지 못할 때 주로 장비 병이 온다고 낚시꾼들은 웃었다. 흐르는 물에서 낚시를 하지 못하는 것에 대한 보상심리일까.

어느 해 겨울, 가끔 들르던 낚시 가게에 갔을 때 물건 하나가 나의 시선을 잡아끌었다. 흰색의 릴이었는데, 나는 그렇게 예쁜 릴을 처음 보았다. 뿐만 아니라 이십 년이 가까워져 오는 낚시 인생에 지금까지도 가장 예쁜 릴을 꼽으라면 바로 그 릴을 주저 없이 꼽겠다.

흰 바탕에 압화가 들어간 릴이었는데 내가 그것을 만져보며 반쯤 넋이 나간 것을 눈치 챈 사장님은 그 릴에 관해 설명해주기 시작했다. 오랜 세월 낚시을 하고 있으며 직접 수작업으로 릴을 제작하는 분이 만든 '칸 릴'이라고 했다.

집에 와서도 한동안 그 흰색 꽃이 들어간 릴이 머릿속에서 떠나지 않았다. 결국 계곡의 얼음이 녹기 전 나는 그 릴을 데려왔다. 집에서도 한참 그 꽃을 들여다보았고,

낚싯줄을 풀어낼 때의 경쾌한 소리가 듣기 좋아 연신 줄을 풀었다 감았다 했다. 며칠 후, 낯선 목소리의 전화 한 통을 받았다.

"안녕하세요, 저 칸 릴을 만든 사람입니다!"

그는 흰색과 검은색 두 개를 만들어 위탁 판매하기로 한 매장에 보냈는데 검은색만 몇 개 더 주문받아 팔리고, 딱 하나 만들어 그대로 남은 것이 흰색 릴이라고 했다. 그러니 결국 유일하게 하나 있는 것을 가져가신 분이라며 웃었다.

그러면서 낚시꾼들이 대부분 남자들이어서 그런지 검은색만 찾아서 흰색은 더 이상 만들어내지 않을 것이니 이 지구상에 유일한 릴을 가지고 계신 분이라는 말에 놀랐다. 졸지에 한정판 릴을 손에 넣었다는 기쁨에 신이 나기도 했다.

봄이 되어 꽃 릴을 들고 낚시를 갔고, 물고기를 낚았다. 그렇게 여러 해를 흐르는 물가에서 보냈다. 몇 년이 지난 후 낚시꾼들은 이야기했다. 칸 릴이 해외에서 수제 릴로 인기가 제법 있다고 했다. '칸'이라는 명칭이 서구인들에게는 좋지 않은 이미지여서 해외 판매용은 '윌로우'라는 이름을 쓰고 있다는 말들이 들렸다. 우리나라의 수제 릴이 해외에서도 인기가 있다고 하니 덩달아 기분이 좋았다.

그러던 어느 날 다시 칸 릴을 만든 사람의 전화를 받았다. 그는 먼저 양해의 말씀을 드려야 할 것 같다고 했다. 유일무이한 흰색 릴을 더 이상 만들지 않을 거라고 했는데, 그 약속을 지킬 수 없게 되었다 했다. 외국 낚시꾼들은 어찌 된 일인지 우리와 달리 흰색 릴을 선호하여 만들게 되었다는 것이다. 나는 웃었다. 그 어떤 판매자가 몇 년 전에 했던 말을 기억하고 다시 이런 전화를 해온단 말인가. 나에게 독점계약으로 판매한 것도 아니고, 그저 전화 통화로 우스갯소리처럼 유일무이한 릴에 관한 이야기를 나누었을 뿐인데 말이다. 심지어 그분과는 특별한 안면이 있는 것도 아니었다.

"그래도 국내 판매용으로 흰색을 더 만들지는 않을 것이니, 우리나라에선 여전히 유일한 릴입니다."

그는 유쾌하게 웃으며 전화를 끊었다.

긴 겨울을 보내고, 얼음이 녹아 흐르는 봄이 되면 낚시를 다시 시작했다. 봄은 그렇게 많은 것들이 시작하는 시기이고, 낚시 역시 마찬가지였다.

낚시하러 가는 계곡가엔 조팝나무꽃이 흐드러지게

피어 있었다. 개나리며, 진달래, 또는 벚꽃과도 다른 화사함이었다. 무더기로 피어 시인에게 생의 감각을 흔들어준 것이 채송화였다면, 나에게는 그것이 바로 마을 입구에 가득한 조팝나무꽃이었다.

흰색 칸 릴의 압화는 바로 그 조팝나무꽃이라고 한다. 겨울을 지나면 계곡의 얼음이 녹아 다시 흐른다. 다시금 내 생의 감각을 온통 흔들어 놓을 조팝나무꽃이 가득한 봄을 기다린다.

모두에게 좋은 일은 없겠지만

열일곱 해 전, 사진 한 장을 우연히 본 것이 시작이었다. 계곡에서 기다란 낚싯대를 휘두르는 이는 아는 사람도 아니었고, 영화의 한 장면도 아니었다. 하지만 그가 던진 긴 낚싯줄이 부드럽게 호를 그리며 허공에 정지된 그 사진 한 장에 매료되었다. 강원도 깊은 계곡에서 하는 플라이 낚시였다. 그 이후 나는 봄가을이면 매주 강원도 계곡 속으로 들어간다. 도시에서만 살아온 나에게 계곡은, 물놀이로도 가본 적이 거의 없는 곳이었는데 말이다.

시간이 날 때마다 혼자서 강원도 정선, 삼척, 양양의 있는 줄도 몰랐던 계곡들을 찾아다녔다. 삼각함수며 미적분을 가르치느라 늘 말하는 직업을 가졌던 나였다. 계곡에서 사람 한 명 만날 일 없는 하루를 보내며, 온종일 입 다물고 있는 즐거움이 물고기를 낚는 것만큼이나 좋았다.

계곡이 있는 강원도 산간마을은 하루 종일 조용하다. 차도 거의 지나지 않고, 도로에서 멀어져 인가조차 보이지 않는 깊은 계곡도 많았다. 낚시를 하다 말고 앉아 있으면, 온 산을 흔들고 나를 스쳐 가는 바람 소리와 물소리 뿐인 적요의 시간이었다.

처음 낚시를 시작할 때, 그 이전부터 오래 낚시를 해 온 낚시꾼들이 말했다.

"여기는 다 비포장도로였어요. 이런 펜션들도 전혀 없었죠. 그때가 더 좋았어요."

그때는 그냥 흘려들었던 그 말을 요즘 내가 가끔 한다. 예나 지금이나 늘 혼자 다니는 낚시꾼이지만, 어쩌다 간혹 초보 낚시꾼을 만나면 나도 모르게 비슷한 말을 하는 것이다.

"식당이 다 뭐예요, 예전엔 여기 구멍가게 하나도 없었어요. 펜션도 없었고…. 그때가 더 좋았지요."

자주 가는 강원도 정선의 한 마을은 티브이 예능프로그램에 나와 유명해졌다. 이장이 하던 구멍가게 하나가 전부이던 마을에 몇 년간 펜션이 늘어나기 시작했다. 그간 내가 본 주민들 머릿수보다도 많을지 모르겠다는 생각이 들 정도로 여기저기에 펜션이며 캠핑장이 여럿 들어섰다. 그곳은 작년 한 해 동안 계속 공사를 했고, 공사장에서 흘러내린 토사들로 계곡물은 맑지 않았으므로 송어 낚시가 쉽지 않았다.

낚시꾼들에게는 물고기가 모여 있어 잘 잡히는 포인트가 있는데 그 포인트 역시 공사로 인해 온통 망가져버렸다. 낚시꾼들은 불만이었다. 나 역시도 대체 끝날 기미가 보이지 않는 공사를 원망했다. 편도 두세 시간의 출조길에 흙탕물과 망가진 포인트를 만나면 허탈했다.

올봄에 다시 정선을 찾았을 때, 드디어 공사가 끝나 있었다. 더 깊숙한 산간으로 이어지는 도로가 생기고, 낙석방지를 위해 비탈에 터널 공사를 했다. 동강까지 나갈 수 있다는 도로도 새로 포장이 되었다. 새로 다리가 몇 개 놓였다. 도로가 반듯해지고, 편해졌으므로 당연히 사람을 더 이끌었다. 그사이 식당이며 펜션이 더 생겼고, 심지어 주말이 아니면 외지인이 들어오지도 않을 시골에 카페까지 문을 열었다.

'예전이 더 좋았어. 식당도 없고, 가게도 없고, 펜션도 없을 때가 그립다.' 이런 생각을 하며 낚시를 하고 도로로 올라왔을 때, 동네 어르신들을 만났다.

"놔줄 걸 뭐 하러 잡아?"

"아니, 여자가 혼자서 낚시를 해?"

어르신들이 한 마디씩 건네시는 말에 대답하다가 결국은 할머니들 옆에 앉게 되었다. 작년 한 해 공사를 계속하느라 오랜만에 낚시를 왔다는 이야기 끝에 할머니들이 반색하셨다.

"얼마나 좋은지 몰라. 도로도 반듯해지고, 장마철 지나면 돌 떨어진다고 마을 입구에 터널도 만들어줬잖아."

아, 생각지도 못했던 할머니들의 반응이었다. 나는 '왜 마을의 호젓한 옛 모습이 남아있지 않는 것인가, 왜 차도 별로 안 다니는데 길을 사방으로 만들어놓은 것인가'라고 생각했는데 말이다. 좀 구불거린다고 굳이 반듯하게 다시 도로를 놓는 건 혈세 낭비가 아닌가 하는 생각도 했었다.

나는 도시인의 입장에서, 시골은 그 모습 그대로 남아주었으면 했다. 마을에 캠핑장을 만들고, 송어 체험장을 꾸며 사람들을 모으는 것을 보며 눈살을 찌푸리기도 했다. '뭘 저렇게 자꾸 지어대. 왜 이 좋은 곳을 망치는 거야'라고 생각하면서 말이다. 관광객이며 외지인인 나는, 그저 산골 마을이 옛 모습 그대로 남기를 바랐는데 그것은 도시인의 이기심이었을까 하는 생각을 잠시 했다.

누구는 말했다.

"땅 거래가 자주 되는 곳이 아니다 보니, 땅을 팔 기회가 생겨 좋다는 주민도 꽤 있지요. 자식들이 내려와서 펜션을 지은 집도 있어요. 개발이 무조건 좋은 것은 아니지만 누군가에겐 좋을 수도 있는 일이에요. 동네 주민들은 구멍가게도 생기고, 펜션의 관광객 상대로 농산물도 팔고, 농사 외에 작은 일거리도 생기니 좋다는 사람들도 제법 많아요. 물론 반대의 경우도 있겠지요. 모두에게 좋은 일은 쉽지 않은 법이니까요."

또 다른 사람은 말했다.

"시골 사람들도 편하게 살고 싶어요. 시골에 사는 거지, 민속촌에 사는 건 아니거든요."

나는 관광객이며 낚시꾼일 뿐이었는데 마치 내가 그 시골 동네를 가장 아끼는 듯 굴었던 것인지도 모른다. 시골의 개발은 곧 자연의 훼손이라고 생각하면서 말이다. 가끔 그들의 말을 생각한다. 차를 타고 지나며 창밖을 내다보는 이에겐 모든 것이 풍경으로만 보였던 것이다.

어디까지가 도시인의 이기심일까 나는 아직도 알 수가 없다. 나는 여전히 그곳에 길이 덜 놓이고 펜션이 그만 들어서길 바라는 외지인이다. 하지만 이제 다시 산골 마을을 찾는다면 좀 다르게 바라볼 수도 있을 것 같다. '구불대던 길이 반듯해졌으니 눈이 쌓이는 강원도의 긴 겨울에도 다니기 나아졌겠구나. 지름길이 생겼으니 이제 마을 사람들은 좀 더 편하고 빠르게 더 큰 곳으로 갈 수도 있겠지.' 이렇게 말이다.

길을 통해 마을로 들어가고, 또 나온다. 마을 밖으로 나오는 것이 그들의 일이라면, 마을로 들어가는 것은 우리의 일인지도 모르겠다. 우리의 일을 생각한다. 모두에게 좋은 일은 없겠지만 말이다.

오월의 북천

혼자서 강원도의 계곡을 다니며 낚시를 했지만, 모든 곳이 다 씩씩하게 갈 수 있는 것은 아니었다. 처음엔 구불대는 골짜기 사이로 지나가는 국도에 적응해야 했다. 그 다음엔 그곳의 인적 없음에도 적응해야 했다. 물을 건너는 일에도 목숨을 걸어야 하는 걸까 싶을 만큼 마음이 조마조마한 순간도 많았다. 아직 만난 적 없지만, 멧돼지라도 나타나는 건 아닐까 부스럭대는 소리엔 간이 저만치 밑바닥으로 떨어지곤 했다. 이렇게 시간이 흐르고 나자 이제 물을 건너는 실뱀을 보거나, 신발짝만 한 쥐를 보는 것 정도는 그저 한번 놀라자빠지면 된다고 넘기는 수준이 되긴 했다.

대부분 낚시를 혼자 다니지만 가끔은 일행들과 함께 할 때도 있다. 혼자 낚시 다니는 것은 그 나름의 자유가 있고, 일행과 함께 할 땐 왁자지껄한 즐거움이 있으니 둘 다 서로 다른 이유로 좋았다.

북천은 강원도 고성군 간성읍의 계곡인데 주로 산천어가 낚였다. 그곳은 강원도의 계곡 중에서도 험하기로 소문이 난 곳이라, 다들 입을 모아 혼자 가지 말라고 조언했다. 일행과 함께 그곳으로 낚시를 간 것은 오월이었다.

출조하기 전날, 새 기종으로 핸드폰을 바꿨다. 새 핸드폰을 들고 멋진 산천어의 사진도 남겨보리라 생각하며 다음 날 이른 새벽, 일행들과 함께 북천의 계곡으로 스며들었다. 그런데 긴 계곡의 처음 포인트에 들어가자마자 새 핸드폰을 물에 빠뜨렸다. 물에 빠진 핸드폰은 다 마를 때까지 켜면 안 된다는 말을 들었기에 가뜩이나 험하다는 그 계곡에서 핸드폰도 없이 낚시를 했다. 일행 덕분에 무섭지는 않았으나 만 하루도 안 되어 물에 빠진 새 핸드폰 생각을 하며 허탈했다.

오후가 되어서 계곡 여기저기로 흩어졌던 일행들이 다시 모였다. 일행 중 한 사람이 굳은 얼굴로 말했다.

"인터넷 봤어요? 속보가 떴어요."

다들 어리둥절한 얼굴을 하자 그가 말했다.

"다들 낚시하느라 정말 도낏자루 썩는 줄 모르시는구나. 노무현 전 대통령이 돌아가셨다고 해요."

그제야 모인 낚시꾼들은 저마다 핸드폰을 열어 포털사이트를 확인했다. 핸드폰을 물에 빠뜨린 나는 일행의 핸드폰에 뜬 속보 기사를 옆에서 보았다. 온통 노무현 전 대통령의 사망 소식으로 도배되어 있었다. 우리 모두 멍한 기분이었다. 정치에 큰 관심이 없는 나 같은 사람에게도 충격적인 일이었기에, 그날 오후 내내 낚시꾼들의 화두는 물고기가 아닌 노무현 전 대통령의 죽음이었다.

오후 낚시를 하면서도 물에 빠뜨린 핸드폰을 다시 켜기는 겁이 났다. 혹시라도 덜 마른 상태에서 켰다가 영영 고장이 나는 것 아닐까 싶어 전원 버튼을 누르지 못했다.

북천의 계곡은 험해서 앞산이 눈앞에 바싹 와있었다. 산이 높고 골짜기가 깊었으므로 계곡엔 종일 해가 반짝 들지 않았다. 어딘가 음습한 기운이 느껴지는 곳이기도 했지만, 깊은 골짜기여서만은 아니었다. 핸드폰이 없는 나에게 만약 비상 상황이 생긴다면 연락을 할 수도 없다는 두려움이 컸으니 그날 북천의 느낌은 이런저런 이유로 가볍지 않았다.

그 이후 북천에서 낚시를 한 적은 없다. 작년 여행에서 돌아오는 길, 정말 오랜만에 그 계곡을 따라왔다. 잠시 차를 멈추고 계곡을 내려다보다 고개를 들었을 때 앞산은 내 코앞으로 병풍처럼 다가왔다. 세상을 놓고 돌아선 한 사람의 인생과 물에 빠진 새 핸드폰과 낚시꾼의 하루가 버무려진 그 어느 해의 오월을 생각했다. 여전히 북천의 산은 높고 물길은 험했다.

옥정호 그 물속

옥정호는 온통 새벽안개에 잠겨있었다. 동트기 전 어둠 속에 가득한 안개가 호수 위에 내려앉아서 길과 물의 경계가 모호했다. 붕어섬이 내려다보인다는 국사봉전망대엔 어둑어둑한 어둠과 안갯속에서도 사람들 말소리가 두런두런 들렸다. 대부분 전문가 급의 카메라를 들고 있는 사람들이었다. 짙은 안개가 걷히고 나면 모습을 드러낼 붕어섬을 기다리는 모양이었다. 카메라를 든 것도 아닌 애매한 차림의 내가 차에서 내렸을 때 근처에 서 있던 사람이 무심하게 말을 건넸다.

"안개가 심하네요. 붕어섬을 보러 왔나 본데 좀 더 있어야 안개가 걷힐 거예요."

나는 붕어섬을 보러 온 것이 아니고 낚시를 하러 왔다고 하려다가 그저 웃었다.

"그러게요. 다들 사진을 찍으려고 기다리시나 봐요."

나의 말에 그분은 들고 있던 자신의 카메라를 다시 매만졌다.

루어 낚시로 가끔 배스와 쏘가리를 잡으러 다니던 즈음이었다. 그날, 전망대에서 만난 사람의 말처럼 안개는 참 더디게 걷혔다. 심지어 옥정호는 초행이었고, 어둠이 제때 걷히지 않는 그 새벽의 안갯속에서 그나마 알음알음 알아낸 포인트를 찾는 일은 더더욱 어려웠다.

국사봉전망대에서 기다리는 동안 안개의 빛깔이 회색에서 점차 푸른빛으로 바뀌기 시작했다. 동호회에서 함께 나왔다는 아마추어 사진사들의 움직임이 분주해질 무렵, 나 역시도 포인트를 찾아 그곳을 떠났다. 서서히 안개가 걷히고 나자 거짓말처럼 화창한 날씨가 되었다.

옥정호는 그때도 지금도 낚시 금지구역이지만 배스 퇴치 차원에서 며칠 동안만 낚시를 허용했었다. 배스 퇴치 행사를 하는 기간이었어도 평일은 역시 한산했다. 배스 낚시를 주로 하는 사람은 아니었지만, 한시적으로 며칠 낚시가 허용된 옥정호가 궁금한 나머지 여기저기서 얻어들은 빈약한 정보로 무작정 찾아간 것이다. 그래도 넓고 푸른 옥정호에서 작은 배스 몇 마리를 낚을 수 있었다.

낚싯대를 접고 비스듬한 물가에 앉았다. 옥정호는 섬진강 상류의 다목적댐 건설로 생겨난 저수지라고 했다.

내가 주로 하는 플라이 낚시는 계곡이나 강에서 하는 것이다. 반면 루어 낚시는 이런 저수지에서 배스를 주로 낚았다. 내가 루어 낚시대를 산 것은 쏘가리 낚시를 하기 위해서였는데, 루어대가 생기니 자연스럽게 배스 낚시도 하게 되었다.

배스는 덩치가 크고, 바늘털이도 심했으므로 손맛이 유독 좋았다. 또 저수지는 주변에 흔했으니 플라이 낚시처럼 왕복 대여섯 시간씩 이동하지 않아도 되었다. 하지만 맑은 계곡물에 들어가 플라이 낚시를 하던 사람에게 저수지 낚시는 어쩐지 그만큼의 매력이 있지는 않았다. 강이나 계곡처럼 흐르지 않는 물에서 하는 낚시이니 말이다.

하지만 저수지, 그중에서 특히 댐으로 인해 생겨났다는 저수지 몇몇 곳에서의 낚시는 남다른 기분이었다. 수면을 응시하며 물고기의 입질을 기다릴 때면, 물속에 마을이 그려졌다. 아틀란티스처럼 물속에 잠겨 일렁이는 마을 어귀의 하늘에 낚싯줄을 날려 보내는 상상을 했다. 골목길을 헤엄치는 물고기들, 빈집을 드나드는 물고기들, 사람들이 모두 떠나고 물에 잠긴 그곳의 주인이 된 그들 모습이 어른거리는 듯했다.

옥정호에서 돌아온 이후 배스 낚시는 거의 하지 않

았다. 잠깐 마음을 두었던 쏘가리 낚시를 접은 후로는 다시 원래의 플라이 낚시꾼으로 돌아왔다. 이제는 옥정호의 배스 퇴치를 위해 한시적으로 몇 주간 배스 낚시를 허용하던 행사도 없어진 지 오래라고 한다.

하지만 지금도 출조를 위해 밤안개 속을 달려 계곡을 향할 때면, 오래전 옥정호에 가득하던 안개를 생각한다. 맘에 드는 한 컷의 사진을 위해, 그 안개가 걷히고 해가 떠오를 때까지 어둠 속에서 긴 밤을 기다렸다는 사람들도 생각한다.

저마다 좋아하는 것을 위해 긴 밤을 달려 어딘가로 간다. 물과 길이 모호한 짙은 안갯속에서도 해가 뜨기를 기다리는 수고를 마다하지 않는다. 기다림이 큰 그 새벽엔, 안개가 빨리 걷혔으면 한다.

그녀는 안동호에 있을지도 모른다

"다른 건 다 해도 낚시는 하지마. 낚시라면 아주 징글징글하다."

*D*는 손사래를 치며 말했었다. 남편의 지나친 낚시 사랑에 넌더리를 낼 즈음이었으니 그녀에게 나의 낚시를 환영받을 리가 없었다.

홀어머니의 귀하디귀한 아들이었다. 있는 집에서 곱게 자라서 하고 싶은 것은 모두 하고, 하기 싫은 것은 해본 적 없는 사람이라고도 했다. 음식점을 몇 개 차렸지만, 관리는 모두 친구가 했다. 말 그대로 남편은 있는 집안의 한량이었다.

"자동차 안이 그대로 낚시 가게야. 사람이 타야 할 자리 대신 낚싯대들이 쫙 있어. 차 지붕엔 보트도 싣고. 그걸로도 모자라서 안동호 가서 한 달씩 있다가 오기도 해. 말해봐야 소용없으니 이제 그냥 놔두는 거야."

친구는 포기했다고 말했다. 신혼 초엔 낚시를 따라간 적도 있으나 그 재미없고 지루하기만 한 것을 무슨 재미에 하는지 모르겠다고 오히려 나를 신기해했다. 그래도 서당 개 삼 년이면 풍월을 읊는다고 종종 모이던 대학 동창들 사이에서 유일하게 나의 낚시 이야기를 알아듣는 사람이었다.

학창 시절에는 철부지 같기만 하던 귀여운 아이였는데, 결혼하고는 매장관리며 집안의 대소사를 모두 나서서 하다 보니, 이제 리어카 하나 주고 산꼭대기에 올려놔도 살 자신이 있다고 해서 웃었다. 그래도 여전히 소녀 같았고, 아이들처럼 반짝이는 것을 좋아해서 그 바쁜 와중에도 잠깐씩 시간을 내어 비즈공예를 하기도 했다.

"바쁜 사람이 구슬꿰기가 웬 말이냐?"

"이 구슬을 꿰고 있으면 머릿속이 복잡하다가도 아무 생각이 없어져."

그 작은 사람 머릿속에 뭐 그리 많은 생각들이 들어있었는지 모를 일이다. 또한 그녀는 아이들 일에는 극성일 만큼 열심이어서, 나처럼 아이는 방목이 최선이라고 여기는 사람은 혀를 내두르는 '대치동 엄마'의 정석이었다. 실제로 대치동에 살던 그녀에게 듣는 현실을 생각하면, 드라마 속 대치동 이야기는 전혀 허구가 아니었다.

한동안 그녀에게 연락이 끊겼다. 우리 역시도 모두

바쁜 시절이어서 서로 시간을 맞추지 못했다. 두어 해 만에야 만났을 때 나는 속으로 꽤 놀랐다. 꽤 그 해사하던 얼굴이, 수다 떠는 것을 좋아해서 재잘재잘하는 소녀 같던 얼굴이 어딘지 모르게 달라져 있었다. 그녀의 인상은 굳어 있었고, 풍상의 한가운데를 통과해온 듯 치열하게 바뀌어 있었다. 그 이유는 그간의 사정을 듣고서야 이해했다.

아쉬운 것 없이 귀공자로 살아온 남편은 매장의 직원과 바람이 났고, 이혼하는 과정에서 부부는 물론이고, 남편과 딸의 관계가 돌이킬 수 없이 험악해졌다고 했다. 아들을 남편으로 여기며 살아온 홀시어머니와 며느리의 관계 역시 편안하게 마무리가 되었을 리 없었다. 길고 지루하며 서로의 바닥을 보이고야 마는 지난한 소송을 했고, 이제야 마무리가 되었다며 살 것 같다고 하는 그녀의 얼굴을 보았다. 그녀는 울고 싶은 듯한 얼굴로 애써 웃었다.

어느 날 아침, 그녀는 친구들이 모인 단체 채팅방에 그 당시 유행하는 우스갯소리를 올렸다. 그리고 끝에 이렇게 달았다.

"우리 웃고 살자."

그리고 그날 오후, 그녀는 자기의 별로 돌아갔다. 분

명 몇 시간 전까지 단체 채팅방에서 함께 웃었던 그녀가, 서울 시내 한복판에서 크레인을 박고 죽었다. 음주운전도, 급발진도 아니라고 했다. 심지어 안전벨트도 하고 있었다고 했다.

사람이 자기의 별로 돌아가는 일에는, 명확한 어떤 이유가 있는 것만은 아니었다. 그처럼 이해할 수 없는 일로 다가오는 것이 죽음이고 이별이기도 했다.

시간이 지난 어느 날 모두 함께 그녀가 돌아가 누운 봉안당에 갔었다. 온 산이 모두 묘지였고, 커다란 봉안당 건물 안에는 모두 그녀처럼 돌아가 누운 이들로 가득했다. 어떤 친구는 새삼스레 슬픔이 복받쳐 큰 소리로 울었다. 또 다른 어떤 친구는 그저 바라보았다. 나는 복도에 나와서 창밖을 보았다. 그렇게 많은 죽음 앞에서 달리 할 말이, 꺼내 보일 슬픔이 없어 막막했다.

혼자 하는 낚시를 좋아하는 이유 중 하나는 오가는 길의 침묵이 지켜진다는 것이기도 하다. 일생 말로 떠드는 직업을 가졌던 나는, 그 침묵의 시간이 더없는 평화였다. 그녀의 구슬꿰기처럼 말이다. 그 침묵의 하루 속에 이런저런 지나간 일들과 다가올 일들이 끼어들었다. 끼어드는 그것들 속에, 가끔 그녀 *D*도 있었다.

낚시라면 징글징글하다고 했지만 내가 낚시 이야기를 시작하면 유일하게 장단을 맞춰주며 말 상대해주었던 *D*. 그들이 이혼하지 않았더라면 *D*는 여전히 살아있을까? 징글징글한 낚시를 타박하면서, 바람피운 것은 슬쩍 덮어주었다면 말이다.

그리고 또 가끔은 생각했다. 어쩌면 *D*의 남편에 대한 감정도 그런 것이 아니었을까. 환자에 가까운 낚시꾼을 남편으로 둔 아내답게 한숨을 쉬며 흉을 보곤 했지만, 사이사이 어깨너머 들은 낚시 이야기를 할 때면 눈을 빛내던 *D*. 생각해보면 그녀가 눈을 빛내던 순간은 낚시 이야기가 아닌, 낚시하는 남편의 이야기를 하던 순간이었을지 모른다고 가끔 생각했다.

•

네가 왜 거기서 나와?

송어에는 여러 가지 종류가 있다고 하는데, 우리나라에는 본디 무지개송어만 있었다. 그 역시도 물론 우리나라 토종어류는 아니다. 1965년에 양식용으로 무지개송어를 들여왔다고 하며, 그들은 양식장에서 길러져서 식용이나 겨울철 낚시용으로 쓰인다. 그런데 양어장이 아닌 흐르는 계곡에서도 무지개송어가 낚이는 곳이 여럿 있다. 장마철 폭우로 양식장이 범람하거나 그 외의 여러 원인으로 탈출한 개체들이 나름 자연에 적응해 살아가고 있게 된 것으로 추측한다. 무지개송어를 낚을 수 있는 계곡엔 거의 양식장이 근방에 있는 경우가 대부분이었으니 그 가설은 어느 정도 신빙성이 있다.

우리나라의 송어라면 그렇게 무지개송어 일색이었는데 언젠가부터 바람결에 브라운송어 이야기가 들려오기 시작했다. 어디에서 낚인다더라, 누가 낚았다더라 하는 말들이었다.

"우리나라에 브라운송어가 있다고?"

신기했지만 바람결에 들려오는 이야기들엔 정작 어디서 낚이는지 정확한 포인트 이야기는 없었기에 그저 궁금하기만 했었다. 이제 그 존재는 너나 할 것 없이 알게 되었고, 대부분의 포인트가 공개되었을 만큼 브라운송어는 더 이상 낯선 물고기가 아니었다. 요즘 낚시꾼들에게 가장 핫한 것을 하나 꼽으라면 춘천 소양강의 브라운송어 낚시라고 언급될 정도이다.

지난봄에 일행을 따라 춘천의 브라운송어 낚시를 함께 간 적이 있었다. 날이 꽤 풀렸던 날이었지만 물속은 여전히 차가웠다. 낚시꾼 생활이 제법 길다고 할 수 있는 나는 근본적으로 물을 무서워한다. 늘 동행 출조를 해가며 낚시를 배웠다면 처음부터 물을 건너는 요령을 익히며 익숙해졌을지도 모르는데, 그러질 못했으니 물을 건너는 일은 나에게 여전한 두려움이다. 계곡에서도, 강에서도 무릎 이상 들어가면 신경이 쓰였다.

춘천 소양강에서의 낚시는 또 다른 느낌이었다. 물론 강 낚시가 처음은 아니다. 나는 금강의 지수리를 퍽 좋아해서 해마다 끄리 낚시를 가기도 했었다. 강준치가 잘 낚이는 때에는 일행을 따라 충주 삼탄의 강준치 낚시를 하기도 했다. 그런데 왜 소양강에서의 낚시는 또 다른 느낌일까 생각해보니 그것은 댐 방류 때문이 아닐까 한다.

미리 다녀온 일행들은 그곳 낚시는 댐 방류 시기를 잘 맞추어야 한다고 했다. 대부분 혼자 다니는 나를 알기에 그들은 말했다.

"거긴 혼자 가시면 안 돼요."

낚시하다 보면 소양호에서 댐 방류를 하니 물 밖으로 나오라는 경고 안내방송을 한다고 했다. 낚시꾼들 특유의 입담이 얹어진 이야기였겠지만 누군가 말하길 "댐 방류할 때면 저 멀리서 물이 확 불어나 달려오는 것처럼 보인다니까요"라고 했다. 물이 달려온다니…. 나는 뜬금없이 댐 수문을 열어 물이 폭포처럼 떨어져 내리는 광경을 상상했다. 낚시꾼 농담으로는, 손바닥만 한 물고기가 팔뚝만 한 대어로 변신하는 것쯤은 애교 수준이다. 그러니 반은 접어 들어야 한다는 것은 알지만 어쨌거나 댐 방류라니 조심스러운 것이었다.

플라이 낚시를 할 때는 웨이더라고 하는 방수 바지를 덧입는다. 대부분의 낚시꾼은 멜빵을 메는 가슴까지 오는 웨이더를 입고 허리까지 들어가 낚시를 했다. 물을 무서워하는 나는 웨이더 역시 허리까지만 오는 것을 입는다.

그걸 입고도 그나마 무릎 이상은 잘 들어가지 않는다. 그만큼 겁쟁이 낚시꾼이고, 잘 못 잡는 낚시꾼이니 절대 모험도 하지 않고, 욕심도 내지 않는다. 그렇다고 멀리 낚싯줄을 날려 보내는 재주도 없었으니 나의 첫 브라운송어 낚시는 물가에 앉아 놀다가, 조금 낚시하다가, 다른 이가 브라운송어를 낚아내는 것을 구경하는 것으로 끝이었다.

방송이 나오기 시작했다. 곧 댐 방류를 시작한다는 안내방송이었다. 초행인 나는 안절부절못했다. 댐 방류할 때 거대한 폭포처럼 물이 밀려 내려오는 그림이 자꾸만 떠올랐다. 그러나 다른 이들은 느긋했다. 두 번의 방송이 더 나온 이후에야 물 밖으로 나왔다. 일행과 물을 나왔을 때 분명 같은 길로 들어가고 나왔는데 수위가 엄청나게 차이가 났다. 처음 들어갈 땐 허벅지를 넘기는 것 아닐까 싶을 정도로 깊은 물도 있었는데 그사이 물이 빠져 무릎도 닿지 않았다. 이제 잠시 후 소양댐에서 물이 내려오면 아마도 다시 물은 그만큼 들어찰 것이었다. 나는 같은 자리인데도 불구하고 물의 높이가 그렇게 달라질 수도 있다는 것을 실감했다.

일행들과 모두 즐겁게 웃으며 그날의 낚시를 마쳤다. 다들 내게 첫 소양강 낚시의 감회를 물었고, 이는 "물귀신 될 뻔했다"라는 우스갯소리 한마디로 남았다.

그런데 어쩌다 브라운송어가 소양강에 나타난 것인지는 알 수 없는 일이다. 근처 연구소에서 연구용으로 있던 녀석들이 탈출해 자연에 적응했을 거라는 이야기가 대부분이었지만 모두 짐작일 뿐이다. 초창기와 달리 이제 브라운송어는 소양강에 넓게 퍼져있는 것이 맞다는 이야기들이 나왔다. 워낙에 덩치가 커서 미터 급으로 자라는 일도 흔한 모양이었다. 실제로 다른 낚시꾼들이 잡은 브라운송어는 거대했다.

우리 강의 물고기들에게는 괜찮을까 싶던 마음은 현실이 되었다. 2021년, 국립생태원은 브라운송어를 생태계 교란 생물로 지정했다고 한다. 역시 없던 것이 생겼으니 당연한 결과인지 모를 일이다. 미터 급의 브라운송어가 낚였다고 손뼉을 쳐야 할지, 여태껏 보지 못한 새로운 어종을 낚는 기쁨을 즐겨야 할지, 아니면 배스에 이은 또 하나의 유해 어종이 나타났다고 혀를 차야 할지 알 수 없는 일이 된 것이다. 브라운송어에게 잘못을 물을 일은 아니지만 씁쓸했다. 그저 내가 할 수 있는 말은 이것뿐이었다.

"브라운송어, 네가 왜 거기서 나와?"

조용한 수다쟁이 그들

한동안 쏘가리 낚시에 빠져 충북 금강 유역을 돌아다닌 시절이 있었다. 늘 그렇듯 적당히 낚시하고, 적당히 돌아다니는 것을 즐기는 낚시꾼답게 쏘가리 낚시 역시 전투적으로 했을 리는 없다. 하지만 어느 곳을 바라보아도 한 폭의 그림 같던 금강에서 낚시하던 즐거움은 아직도 생생하다.

쏘가리 낚시를 하게 된 것은 그 멋진 자태에 반해서였다. 다소 사납고 앙칼지게 생기긴 했으나 호피를 연상케 하는 몸체의 무늬만큼은 너무 아름다웠다. 쏘가리를 여느 것처럼 생선 내지는 물고기의 범주에 넣는 것은 아깝다는 생각이 들 정도였다.

쏘가리 낚시를 하는 데에는 몇 가지 난관이 있었다. 먼저, 해오던 플라이 낚시가 아닌 루어 낚시로 가능했다. 게다가 쏘가리는 주로 밤에 낚는다고 했는데, 여자 혼자서 밤낚시는 엄두도 못 냈다. 가끔 쏘가리 낚시를 가는 일행을 따라나서기도 했지만 역시나 혼자가 편한 낚시꾼은 조과와 관계없이 밤낚시를 포기하는 쪽이 빨랐다.

플라이 낚시에서 물고기는 모두 놓아준다. 낚시를 시작한 초기에는 사진을 찍고 놓아주었으나 이제 사진마저도 잘 찍지 않는다. 그저 놓아주는 것이다.

그러한 플라이 낚시에 익숙했으므로 쏘가리 역시 잡은 것은 모두 놓아주었다. 다들 쏘가리를 왜 놓아주느냐고, 가지고 오라고 웃었다. 잘 잡지 못하는 낚시꾼답게 쏘가리도 어쩌다 잡았다. 잡은 것을 물에 넣고, 너무 예뻐서 한참 요리조리 들여다보곤 했다.

동이 터오는 이른 새벽에 낚시를 시작해도 금방 해가 머리 꼭대기로 올라갔다. 달구어졌을 더운물에서 물고기가 나올 리 만무했다. 그런 한낮이 되면 미련 없이 낚싯대를 접고 물가에 앉아 있곤 했다.

어느 날이었다. 낚시하던 곳에서 멀지 않은 곳에 월류봉이 있다는 표지판을 떠올렸다. 달이 머무는 봉우리라니, 얼마나 시적인 이름인가. 꼭 가봐야겠다 싶어 낚싯대를 잠시 접고 월류봉을 찾아갔다. 월류봉은 이름대로 달밤의 풍경이 그리 좋다고 했다. 혼자 돌아다니는 낚시꾼이 어두운 밤에 달빛이 치맛자락을 드리운 풍경을 볼 배포까지는 없었지만, 낮의 모습이라도 보고 싶었다.

한낮의, 전국적으로 유명한 관광지도 아닌 곳이니 나는 기대했다.

'오롯이 고요한 풍경을 즐길 수 있겠구나. 달이 머무는 풍경을 상상하는, 낮의 월류봉도 좋겠지.'

하지만 텅 빈 주차장에 차를 세우고 내렸을 때 바로 뒤이어 승합차가 도착했고, 한 무리의 사람들이 우르르 내리는 걸 보는 순간, 그 기대가 깨졌다. 조용한 달밤의 풍경을 상상하기는 힘들겠구나 싶어 마음을 내려놓았다.

데크 끝에 서서 월류봉을 보았다. 단양의 도담삼봉과 비슷한 듯 다른 느낌이었다. 나는 어쩐지 도담삼봉에서 화려함을 느끼는데, 월류봉에서는 고즈넉함이 느껴져서 그저 좋았다. 건너편 월류봉을 한참동안 바라보다 문득 이상했다. 옆에서는 승합차에서 내린 한 무리의 일행이 나처럼 월류봉을 보며 웃고 있었는데 너무 조용했다. 다시 그들을 유심히 보고서야 그 이유를 알았다. 그들은 수화로 이야기하고 있었다. 그들 모두가 수화로만 이야기를 나눌 수 있는 청각장애인인지 아닌지는 알 수 없으나 모두 수화로 이야기하고 있었다. 계속 웃었고, 환하게 웃을 때마다 이야기하는 손가락은 좀 더 바쁘게 움직였다. 동작도 좀 더 커졌다. 그들 모두는 조용한 수다쟁이들이었다.

나는 다시 월류봉을 바라보았다. 그들이 시끄러울 것이라 생각했던 것이 미안했다. 끊임없이 함께 이야기를 나누느라 분주하고 즐거운 그들을 보고 부럽기도 했다. 여럿이었지만 혼자처럼 조용한 그들은 유쾌하고 활기찼다. 월류봉을 가리키며 연신 손이 바쁘게 움직였다.

낚시한다며 혼자 다니는 시간이 많았어도 쓸쓸하거나 심심하다는 생각을 한 적은 별로 없었다. 인적 없는 계곡이거나 동이 터오는 물가에서도 크게 무섭지 않았기에 여자 혼자서 오랜 세월 낚시를 다닐 수 있었는지도 모른다. 하지만 그들과 잠시 함께 서 있던 월류봉에서 나는, 조금 외롭고 쓸쓸함을 느꼈다.

머리 꼭대기에 올랐던 해가 떨어지고 나면, 오후에 다시 쏘가리를 낚으러 가야겠다고 생각하던 마음이 식었다. 조용한 수다쟁이들이 웃으며 떠난 빈 주차장에서 나는 월류봉을 좀 더 바라보다 그만 집으로 돌아왔다. 낚시는 더 이상 하지 않아도 될 것 같았다.

그곳의 오후

열목어가 보호 어종으로 지정되어 더 이상 낚을 수 없게 되었지만, 가끔 땡땡이 무늬에 순한 얼굴을 하고 있는 열목어를 생각한다. 내린천 줄기인 강원도 인제군 상남면의 미산계곡은 내가 처음 열목어 낚시를 시작했던 곳이며, 가장 많이 드나들었던 곳이기도 하다.

낚시꾼들은 해가 어둑어둑 저물어갈 때의 조과를 기대하며 늦도록 있었지만, 혼자 계곡을 찾는 일이 대부분이었던 나는 어둠이 내릴 때까지 물가에 있어 본 적은 거의 없다. 늘 오후엔 낚시를 접었다. 제일 조과가 좋아질 시간을 앞두고 낚싯대를 접는 것이나 마찬가지였지만 나는 많이 잡고 싶은 낚시꾼은 아니었던지라 상관없었다.

주로 낚싯대를 접는 곳은 폐교가 된 살둔 분교였다. 교문이랄 것도 없는 입구를 들어서면 아이들이 떠나간 지 오래인 텅 빈 운동장이 보인다. 커다란 나무 아래 평상이 있었다. 늘 그곳에 앉아 낚싯대를 접어 넣고, 낚시할 때 입는 웨이더와 계류화를 벗었다. 그리고는 나무 아래에서 땀을 식히거나 잠시 졸았다. 가져간 커피를 꺼내어 마시는 곳도 그곳이었다. 학교 바로 앞으로 계곡이 흘렀다. 어느 선선한 가을날에는 계곡가 그늘에 작은 돗자리를 펴고 앉았다 돌아온 적도 있다. 주변은 늘 조용하고 고요했다. 바람이 지나갈 때 온 산의 나무가 솨아아아 흔들리는 소리가 아니라면 정말 물 흐르는 소리뿐이었다.

다들 낚시라고 하면 한자리에서 낚싯대를 드리우는 것을 상상한다. 하지만 그런 대낚시와 달리 플라이 낚시는 계곡을 몇 킬로씩 오르내리며 낚시를 한다. 어느 가을에는 물길을 거슬러 올라오며 낚시를 했다. 살둔 분교 가까이 이르렀고, 이제 그만 낚싯대를 접어야겠다 싶었다. 늘 그렇듯 잡은 것은 한두 마리뿐이었으며, 그나마 모두 놓아주었으니 빈손이었다. 사람은 하루 종일 아무도 만나지 못했다.

폐교 앞에서 물을 벗어나 잠시 그늘에 앉아 있다가 그만 인기척에 화들짝 놀랐다. 인적 없는 물가에선 사실 사람이 제일 무섭기도 한 법이다. 체구가 작은 여성이었는데, 제 몸길이만 한 커다란 배낭을 메고 트래킹스틱을 짚으며 씩씩하게 걸어오고 있었다. 물길을 따라 내려오는 걸음 같았다. 몇 미터 떨어진 곳에 그녀 역시 배낭을 내려놓고 쉬었다. 눈이 마주쳤고, 우리는 그저 살짝 웃으며 눈인사를 했다.

그녀는 운동장 한구석에 작은 일인용 텐트를 치고, 야영할 준비를 했다. 작은 체구의 다부진 얼굴로 제 몸만 한 배낭에서 이것저것 꺼내어 익숙하게 잘 자리를 마련하고, 코펠과 버너를 준비하는 모습을 보았다. 그녀가 어디서부터 저 큰 배낭을 메고 걸어왔는지, 또 어디까지 걸어갈 것인지 알지 못한다. 그러나 그녀는 참으로 자유로워 보였다.

나는 멀찍이 나무 그늘에 앉아 바람을 쐬다 돌아왔다. 그녀와는 말 한마디 나누지 않았지만 혼자 배낭을 짊어지고 계곡 트래킹을 하는 것이 그녀에겐 나의 낚시와 비슷하지 않을까 하는 생각이 잠깐 들었다.

언제 가도 늘 호젓하던 산골 폐교는 이제 예전 모습이 아니다. 방송 프로그램에 한 번 나온 이후 폐교는 캠핑장으로 변신했다. 한여름을 보내고 찾은 어느 가을, 내 눈을 의심했다. 텅 빈 운동장의 고요함은 찾을 수 없었다. 학교는 온통 텐트로 가득하고 아이들의 웃음소리, 가족들의 왁자지껄한 말소리들로 채워졌다.

더 이상 그곳은 오후 낚시를 느긋하게 접는 곳이 될 수 없었기에 새벽에 들어가 낚시를 하고 나왔다. 푸른 새벽, 캠핑장은 조용했다. 간밤의 말소리와 들뜬 분위기가 가라앉은 캠핑장이 깨어나기 전까지만 낚시했다. 오후에 서쪽으로 기울기 시작하는 햇살 아래 평상에 앉아 잠시 즐기던 적요함은 누릴 수 없게 되어 늘 서운했다.

이제 열목어 낚시를 하지 못하게 되어 그마저도 더 이상 찾지 않게 된 곳이지만 그래도 여전히 매해 봄이면 나는 그곳을 떠올린다. 어느 날은 산의 나무를 훑고 지나가는 바람뿐이던 그곳. 또 어느 날은 물소리만 가득하던 그곳. 그리고 또 어느 날은 캠핑족들이 모두 잠든 새벽, 조심스러운 발걸음으로 텐트 사이를 지나가던 그곳.

그리고 가끔 알지 못하는 그녀도 생각한다. 작은 체구에 커다란 배낭을 메고 홀로 계곡을 걸어오던 씩씩한 그녀를 말이다. 혹시 지금도 여전히 어딘가에서 알지 못하는 낯선 물길과 험한 산길을 걷고 있을지도 모르겠다. 그렇다면 그녀의 앞길엔 너무 뜨겁지 않은 햇살, 땀을 식혀주는 한 줄기 바람, 그리고 그 어디에도 걸리지 않는 구름 같은 자유가 함께 했으면 한다.

지수리

옥천은 정지용 시인의 생가가 있는 곳으로도 유명하다. 아름다운 시가 태어난 멋진 금강 줄기가 흐른다. 푸르게 흘러가는 금강과 그 강변 풍경을 보고 있노라면, 그의 시구처럼 어디에선가 옛이야기 지줄대는 소리가 들려올 것도 같으니 그런 아름다운 글이 그냥 나오지 않았겠구나 싶은 생각이 절로 드는 곳이다.

계곡에서의 플라이 낚시를 좋아하지만, 한때 지수리에 푹 빠졌었다. 지수리에선 벚꽃이 피어날 즈음이면 끄리 낚시 철이 시작되었다. 넓은 강물에 허벅지까지 담그고 들어가 다들 끄리를 낚았다. 흘러가는 푸른 물과 그 주변의 청보리 가득한 들판, 그리고 넓은 강변의 자갈밭이 한데 어우러진 멋진 풍경이었다.

계곡과 달리 햇살을 피할 그늘이 없는 넓은 강이었지만, 흐르는 물속에 적당히 들어가 물살을 따라 흐르는 낚싯줄의 감각을 느끼는 것은 또 다른 재미였다. 게다가 끄리는 공격적인 물고기여서 그때까지 계곡에서 만난 산천어, 열목어, 송어 등을 낚을 때와는 또 다른 손맛이 있었다.

오래 낚시를 하는 분들은 종종 배우자나 아들과 함께 왔다. 하지만 나의 남편은 낚시라면 질겁했고, 딸도 마찬가지로 흥미를 보이지 않았다. 어느 해 초여름, 딸아이를 데리고 지수리에 갔었다. 낚시라면 질겁하는 남편은 불가능했지만, 아직 별생각 없는 딸이라면 물고기를 한번 낚은 이후엔 흥미를 갖지 않을까 하는 일말의 기대가 있었다. 끄리가 좋아할 만한 미끼를 달아주고, 강물에 낚싯대를 던져 주었다.

"조금씩 낚싯줄을 풀어서 물살에 흘러가게 해 봐. 뭔가 잡아당긴다는 느낌이 들면, 얼른 낚싯대를 세우고 엄마를 불러. 알았지?"

근처에서 나 역시 끄리 낚시를 시작했다. 얼마 지나지 않아 딸이 별로 놀라지도 않은 침착한 목소리로 "잡힌 거 같은데…?"라고 말하며 나를 불렀다.

내가 서둘러 다가가 보니, 이미 딸은 낚싯줄을 당겨 발 앞에까지 끄리를 끌어다 놓은 상태였다. 내가 처음 물고기를 잡았을 때는 혼자 환호하며 흥분하고 난리였는데, 이 녀석은 별 감흥이 없이 덤덤했다. 뜰채에 담아 보여주니 하는 그제야 하는 말이, "크네!"였다.

한 마리 손맛을 보고 나면 뒤이어 낚시에 빠질 거라는 나의 기대와 달리, 딸은 딱 거기까지였다. 오히려 이제 알 것 다 알았고, 해볼 것은 다 해보았다는 듯 심드렁해졌다. 결국 딸을 낚시꾼으로 키워보겠다는 나의 야심은 지수리에서의 끄리 낚시로 마감했다. 그것이 딸과의 처음이자 마지막인 낚시였다. 딸이 성인이 된 지금도 가끔 초등학교 시절 지수리에서 딱 한 번 낚시해보았던 일을 물어본다. 기억은 나지만, 큰 감흥은 없다는 반응이다. 아, 어떻게 살아 펄떡이는 것의 움직임이 줄을 타고 전해오는 그 느낌이 대수롭지 않을 수 있단 말인가. 역시 딸에게 낚시꾼의 유전자는 없는 것이 분명하다.

여러 해 낚시를 다녔지만 늘 호젓하고 조용하던 강가에 어느 해부터인가 부쩍 텐트가 기하급수적으로 늘어나기 시작했다. 이곳도 역시 어느 예능프로그램에 나온 이후부터 지나치게 유명해졌다. 예전의 호젓함은 사라졌고 쓰레기가 많아졌다. 요즘 같은 정보화 시대에 나만이 알고 있는 곳, 나만이 즐길 수 있는 곳이 있을 리 없다.

하지만 매해 다니던 지수리를 더 이상 다니지 않게 된 것은 갑자기 늘어난 캠핑족 때문이 아니었다. 어느 해부터 끄리들의 아가미 병으로 낚아 올린 끄리들의 상태가 너무나 징그러웠다. 그 병은 한 해로 끝나지 않았다. 그러다 보니 지수리의 옛 명성은 사라지고, 끄리의 아가미 병, 아가미 기생충에 대한 이런저런 해석들만 난무했다.

그렇게 더 이상 지수리를 가지 않은지 여러 해 되었지만 지수리의 풍경은 늘 생생하다. 그 강변의 풍경은 평화로움 그 자체였다.

어느 해 초여름이었다. 평일의 강가에는 아무도 없었고, 그 넓은 자갈밭을 지나 강물 앞에는 나뿐이었다. 흐르는 강물 소리뿐인 그곳에 이런저런 소리가 섞이기 시작했다.

뒤돌아보니 언덕 위에 여러 명의 사람들이 모여있었다. 아주 가까운 거리는 아니었지만 사방이 트이고, 흐르는 강물뿐인 곳이라 언덕 위의 소리가 잘 들렸다. 사람들이 간간이 울었다. 스님의 낭랑한 독경 소리가 들려왔다. 누군가 세상을 떠나 강이 내려다보이는 언덕에 쉴 곳을 마련하고 있었다.

그날 낚시하는 내 어깨에 내려앉던 초여름의 햇볕이 따가웠다. 뒷산 언덕에서 독경이 끊임없이 들려왔다. 들판이 푸르고, 강물이 끊임없이 흘렀다. 나는 가끔 뒤돌아

그 언덕을 올려다보았다. 스님의 독경이 끝나고, 간간이 이어지던 울음소리가 잦아들고, 사람들이 언덕을 내려갔다.

나도 오후의 햇살이 잦아들기 전 낚싯대를 접었다. 돌아오기 전 그 언덕을 한참 바라보았다. 사람들이 모두 떠난 그 언덕에 홀로 누운 이의 안식을 기원했다. 그 이후에도 여러 번 더 지수리에 갔다. 같은 자리에서 낚시했고, 그때마다 등 뒤 언덕 위에 누운 알지 못하는 이를 생각하며 인사를 건넸다.

작년 여름, 지나는 길에 굳이 먼 길을 돌아 지수리에 들렀다. 낚시할 요량이 아니었으므로 낚싯대도 없었지만, 그곳이 궁금해서였다. 그 여러 해 사이 비포장이던 길은 포장이 되어있었고, 큰 다리가 놓였다. 평일이어서 여전히 강변은 고요했고, 푸르렀다. 그리고, 언덕 위에 여전히 홀로 누워있을 알지 못하는 그에게 인사했다.

세월이 많이 흘렀지만, 강물은 예나 지금이나 변하지 않고 저 혼자 묵묵히 흐르고 있었다.

Ralph B. Clark Regional Park에서

캘리포니아의 오전 열 시는 이미 햇살이 뜨겁다. 평일의 공원에는 유니폼을 입은 어린이들이 단체로 선생님을 따라 나와 신나게 뛰고 있었다. 아이들은 어디에서나 활기차고 가만히 있지 않는 존재들이다. 미국의 아이들도 마찬가지였다. 선생님들은 아이들의 이름을 부르며 멀리 가지 않고, 흩어지지 않도록 적당히 관리하며 주시하고 있었다.

*Ralph B. Clark Regional Park*를 찾은 것은 낚시에 관한 궁금증 때문이었다. 낚시 여행을 하는 것이 아닌 이상, 여행 중에 낚시하는 것이 쉬울 리는 없다. 낚시터가 코앞에 있는 것도 아니니, 미국처럼 대중교통이 쉽지 않은 곳에서라면 더욱 어려운 일이다. 게다가 나처럼 주로 계곡에서의 플라이 낚시를 해온 사람에게 계곡이라고는 거의 없는 사막기후의 캘리포니아 남가주에서의 낚시란 것은 더더욱 그렇다. 그래도 혹시나 낚싯대를 담가볼 수 있을까 하여 한인들의 낚시 커뮤니티를 기웃거려보기도 했으나

역시 바다 낚시가 주종인 곳이었다.

오렌지 카운티Orange County에 속해있는 이 *Ralph B. Clark Regional Park*는 플러턴Fullerton 시나 부에나 파크Buena Park 시에서도 매우 가까웠는데, 낚시를 할 수 있다는 정보를 알게 된 건 반가운 일이었다. 낚시 면허를 구매해야 가능하다고 했지만, 일단 공원 내의 낚시터가 궁금했다. 사전답사를 해볼 겸, 공원도 구경하며 산책도 하려고 그 공원을 찾아갔다. 집에서라면 한 시간 넘게 운동 삼아 걷는 사람이 나인데도 외국에선 그 삼십 분의 거리를 걷는 데에도 용기가 필요했다. 불론 그늘 하나 없는 거리의 햇살에 기가 눌리기도 했다. 외출하는 언니를 따라나섰다가 차에서 내려 혼자 공원으로 걸어 들어갔다. 비로소 진짜 여행자가 된 듯 무척 새롭고 낯선 기분이었다.

공원을 한 바퀴 돌았다. 상당히 규모가 큰 *Ralph B. Clark Regional Park*는 주변 도시에서 일부러 나들이를 올 정도로 유명한 공원이라고 한다. 평일임에도 삼삼오오 모여서 소풍을 즐기는 사람들도 있었고, 개를 데리고 산책하는 사람들도 있었다. 이런 큰 공원이 집 가까이에 있다는 건 참 멋진 일이다.

우리나라의 낚시터를 상상했던 나는, 공원 안에 낚시터가 있다는 것이 과연 어떤 모습일지 궁금했다. 공원 어디쯤 낚시터가 있으려나 기대하고 공원에 들어갔을 때 저 멀리 가운데에 물이 보였다. '설마 여기서…?' 하는 마음이 들었다. 우리나라의 저수지를 상상하는 사람에게 이곳의 낚시터라는 곳은 딱 연못 수준이었다. 게다가 과연 수심이 무릎 이상 되기나 할까 싶은 생각이 들 정도였다.

가까이 다가가 보니 깔끔하고 예쁘게 단장된 낚시터였는데 너무 깔끔하고, 너무 단장된 채 공원 한가운데 있었다. 우리나라였다면 아마 관상용 잉어를 넣어두고 먹이를 주면 딱 어울릴 듯한 공간이라는 생각이 들어 피식 웃음이 났다.

'여기서 정말 낚시를 할 수 있다는 건가? 뭐가 잡히긴 하고?'

좌대가 즐비하게 놓인 우리나라의 붕어 낚시터나, 한겨울에 부교를 설치해서 그 위에서 플라이 낚시를 하는 풍경을 상상한 사람에게는 상당히 미심쩍은 분위기였다.

하지만 어디에서든, 어떤 날씨에든 쉬지 않는 낚시꾼은 있게 마련이다. 한낮의 땡볕이 바늘처럼 내리쬐는 그 공원의 한가운데 연못에서 루어 낚시를 하는 사람을 만났다. 낚시꾼이 외국의 물가에서 다른 낚시꾼을 만나니 어쩐지 반가웠다. 어설픈 영어로 물었다.

"여기서 플라이 낚시를 할 수 있나요?"

그는 물론 할 수 있다고 하며, 배스, 송어, 블루길, 메기 등이 낚인다고 했다. 하지만 이 더운 날 가둬놓은 물에서 과연 송어가 낚일까 싶은 생각이 들었다. 방류도 겨울부터 초봄까지만 한다니 아마 이 계절에도 송어가 낚인다는 건 아니겠지 싶었다.

낚시 면허를 여기서도 살 수 있느냐는 말에 그는 대답이 엄청나게 길었다. 단어로 묻고, 단어로 짐작해 알아듣는 생존 영어 수준인 사람은 그의 긴말을 "큰 낚시점이나 마켓에서 살 수 있어"라고 알아들었지만, 그마저도 확실치 않았다. 나는 바로 이 현장에서도 낚시 면허를 살 수 있는지가 궁금했는데, 나의 영어 듣기 실력으로 그것은 알 수 없었다.

'여기선 살 수 없으니까 다른 곳을 열심히 알려 주었던게 아닐까.'

그에게 인사를 하고 돌아서서 그늘 벤치로 발걸음을 향하며 생각하다가 혼자 속으로 웃었다.

'앞으로 길을 걷다가 외국인이 어설픈 한국어로 무언가를 물으면 정말 간단히 핵심만 이야기해주어야겠다. 말이 길면 못 알아들을 것이 뻔해.'

물가에 드문드문 큰 나무가 있어 나무 밑 벤치의 그늘이 훌륭했다. 그늘 벤치에 앉아 이어폰을 꼈다. 오펜바흐의 〈재클린의 눈물〉, 그 첼로 선율이 흘러나왔다. 이어폰을 끼고 고개를 들어 호수를 보았다. 순간 눈앞의 풍경은 마치 영화 속 한 장면처럼 비현실적으로 느껴졌다. 음악이 흐르는 물속을 오래 보았다. 한참 지나고 나서야 물속 가까이에 헤엄치는 작은 물고기들이 보이기 시작했다.

한낮 햇살이 내려앉아 수면이 빛나고 있었다. 물고기들이 뛰어오르는 움직임은 어디에도 없었다. 건너편의 낚시꾼은 한참을 지켜보도록 잡는 것이 없었다. 뜨거워진 한낮의 햇살 탓인지, 아니면 그도 나처럼 꽝 조사인지 알 수는 없는 일이다.

낚시 면허를 사가지고 다시 와서 이른 아침에 낚싯줄을 던져봐야겠다고 맘먹었다. 무엇이 낚일지는 알 수 없다. 설령 물고기가 아니라 '시간'이어도 좋겠다고 생각했다.

Country Roads Antiques

도시 이름이 오렌지라니, 한 번 듣고도 잊을 수 없는 지명이다. 미국의 캘리포니아주 오렌지 카운티의 오렌지 시였다. 미국에선 올드타운이라는 이름으로 예전 건물을 남겨둔 채 거리를 조성한 곳을 여럿 볼 수 있었다. 올드타운이라고 이름 붙인 거리엔 오래전부터 영업을 이어오고 있는 가게도 있었고, 옛 건물 모습을 그대로 유지한 채 새롭게 유명 식당이 된 곳들도 있었다.

미국에서 느낀 몇 가지 중 하나는 이런 것이었다. 역사를 강조하며, 오래된 것을 좋아하는 분위기가 여러 곳에서 느껴졌다. 역사가 짧은 나라여서인지, 사람들의 취향이 유독 그런 건지는 알 수 없다. 하지만 피맛골의 정겨운 골목이 사라지고 나서 그 자리에 거대한 빌딩이 들어선 모습을 보며 허무했던 기억이 있는 나에게, 미국에서 흔히 만날 수 있는 올드타운이라는 이름이 붙은 거리는 부러웠다. 오래된 건물이 모인 곳에서 오래전부터 나이를 먹어온 것들과 새로운 것이 섞여 함께 역사가 되는 풍경이었다.

오렌지 시의 올드타운은 거리 이름만 올드인 것이 아니라 심심치 않게 클래식한 올드카도 보였다. 저런 것이 과연 아직 구를 수 있구나 싶은 오래된 차들이 한껏 꾸민 채 지나갈 때면 사람들이 다들 사진을 찍으며 발걸음을 멈추고 바라보곤 했다. 그리고 올드타운엔 역시 그 이름답게 엔틱 상점, 빈티지 상점들이 여럿 있어서 사람들의 발길을 잡았다. 정원 꾸미기도 좋아하고, 오래된 것도 좋아하는 듯한 미국인들에겐 특히 지나칠 수 없는 곳이겠다. 물론 나 같은 관광객 역시 그랬다.

분명 들어갈 때는 작아 보였던 *Country Roads Antiques*는 뒤로 길고 넓은 구조였다. 길을 걷다가 우연히 "예쁘다!" 하고 들어간 곳인데, 앤틱 상점이 아니라 마치 영화 속 골동품 가게에 들어온 것 같았다.

"어머, 어머! 완전 인사동이다!"

미국에서 오래 산 언니마저 신기해했다. 우리가 웃으며 돌아보는데 이 나라 사람들도 우리와 비슷한 반응이었다.

수없이 많은 옛 물건들은, 대체 이런 것을 어디에서 주워왔을까 싶을 정도로 다양했다. 크고 작은 물건들은 무질서한 듯 보여도 나름의 질서를 가지고 진열되어 있었기에 마치 오래된 저택의 수없이 많은 방을 들락거리는 기분이었다.

작은 방마다 오래된 것들로 가득했지만, 그중에서도 플라이 낚시꾼인 나의 눈길을 사로잡은 것은 오래된 낚시 도구들의 방이었다. 낚싯줄이 감긴 채 진열되어 있는 흠집투성이의 낡은 낚시 릴, 세월의 흔적이 그대로 느껴지는 대나무로 만든 낚싯대, 양철로 만들어진 훅 박스 등이 있었다. 그뿐만 아니라 과연 쓸 수 있을까 싶게 오래된 깃털로 만든 낚시 미끼도 있어서 신기하기 그지없었다.

플라이 낚시 릴을 하나 들어 조심스럽게 돌려보았다. 낡은 릴이라고는 믿기지 않을 만큼 선명하게 따르륵, 따르륵 소리를 내며 릴이 돌아갔다. 골동품에 가까운 오래된 물건들이 마치 당장이라도 계곡의 물고기를 유혹할 수 있을 듯 맑은 소리를 냈다.

미국에서 플라이 낚시는 1800년대부터 했는데, 그 이전 영국에서 건너온 사람들이 낚시 문화도 가져와 시작된 것이라는 글을 읽은 기억이 있다. 그러니 이곳의 낚시 용구들은 몇십 년을 넘어 어쩌면 그 이상 더 오래되었을지도 모르겠다. 낚싯대를 들어 흔들어 보고, 낚시 릴을 돌려 낚싯줄을 감았다 풀었다 해보았다.

먼 나라 미국의 어느 이름 모를 강줄기. 그 물줄기에 허벅지까지 담그고 낚시를 하는 내가 있다. 낚싯대는 부드럽게 휘고, 길게 뻗어나간 낚싯줄 역시 아름다운 호를 그리며 허공을 가른다. 낚싯줄 끝에 매달린 작고 가벼운 깃털로 만든 날벌레 미끼는 흐르는 강물 위에 무게 없이 살짝 내려앉는다. 강물 위엔 반짝이는 햇살이 가득하고, 수면을 지나는 바람에도 햇살이 살포시 묻어있다.

강물을 따라 흘러가던 날벌레 미끼를 물속의 송어가 노리고 뛰어올라 덥석 물어내는 순간, 낚싯대를 잽싸게 들어 올려 세운다. 이내 팽팽하게 낚싯줄이 당겨지며 전해오는 날것의 움직임. 살아있는 것은 움직임을 만들어낸다. 물속으로 낚싯바늘을 끌고 들어가는 송어가 필사적으로 당기는 힘을 느끼며 서서히 낚싯줄을 감거나 혹은 풀어주며 힘을 조절하는 시간. 따르륵, 따르륵, 릴의 핸들을 조이거나 풀 때 나는 경쾌한 소리가 강가에 울려 퍼진다.

오래된 낚싯대를 들고 잠시 눈을 감은 채 멋진 한때를 잠시 상상했다. 먼지가 앉은 낚싯대를 잡은 손에 살짝 힘이 들어갔다. 주변에서 힘찬 물소리가 들려오고, 머리카락을 넘기는 바람의 손길이 느껴질 것도 같았다. 하지만 짧은 상상을 끝내고 감았던 눈을 살며시 떴을 때는 흐르는 물도, 불어오는 바람도 없는 오래된 것들이 가득한 상점 그대로였다.

나는 조심스럽게 대나무로 만든 낚싯대와 먼지가 앉은 릴을 살짝 제자리에 돌려놓았다. 그것들을 소중히 아꼈을, 알지 못하는 옛시절의 낚시꾼에게 마음속으로 인사를 전했다.

앤틱 상점은 마치 시간이 멈춘 곳 같았다. 오래된 것들이 꺼내어놓는 저마다의 이야기가 있었다. 또한 오래된 것들이 혼자만 간직한 비밀도 그만큼 많을 것이다. 개미지옥이라며 웃었지만, 사실은 앨리스의 이상한 나라 같았던 그곳을 나서니 밖엔 햇살이 쏟아질 듯 환했다. 쏟아지는 햇살 속에서 경쾌하게 낚시 릴이 돌아가는 소리가 들릴 것도 같았다. 따르륵, 따르륵.

Bob Marriott's fly shop

가까운 거리가 아니니 자주 올 수 있는 것은 아니지만, 미국의 언니가 사는 동네에 오면 늘 들르는 곳은 *Bob Marriott's fly shop*이다. 플라이 낚시를 하는 한국의 낚시꾼들 사이에서도 이곳은 잘 알려진 곳이다. 그들 중에선 이곳에서 해외직구를 통해 물건을 구입하는 사람들도 있었다.

언니가 사는 곳에서 멀지 않은 곳에 플라이 낚시점이 있다는 것을 처음 알았을 때, 그리고 그곳이 이미 알고 있던 *Bob Marriott's fly shop*이라는 것을 알았을 때 낚시꾼인 나는 살짝 흥분했다. 언니를 보러 다녀오시는 부모님 편에 이것저것 주문했다. 가족 그 누구도 플라이 낚시가 무엇인지 알지 못했으므로 홈페이지의 사진을 저장하여 보내야했다.

낚시라면 젊은 시절 하시던 대낚시가 낚시의 전부인 부모님이었다. 미국에 사는 언니 부부도 낚시의 문외한이긴 마찬가지였다. 낚시, 그것도 플라이 낚시에 대해선 알지 못하는 가족들은 한국의 낚시꾼인 나를 위해 대신 그곳에 갔다. 우르르 일가족이 갔으나 그들 중 플라이 낚시꾼은 아무도 없었으므로 내가 보낸 사진을 보여주며 그것들을 사 왔다. 지나다니면서도 거기 낚시점이 있는 것은 낚시꾼 동생 덕에 처음 알았다고 언니는 말했다. 역시 아는 만큼 보이는 법이다.

가족들은 내게 그곳이 얼마나 큰지, 어디에 쓰이는지는 알 수 없는 것들뿐이나 얼마나 물건이 다양하고 많은지에 대해 이야기 해주었다. 그 이야기를 들으며 나는 그저 대리만족해야 했다. 늘 그곳을 궁금해 할 뿐이었다.

내가 처음 *Bob Marriott's fly shop*에 들어섰던 날을 기억한다. 빵 좋아하는 사람들이 유명한 빵집을 다니며 빵지순례 한다고 하듯, 나 역시도 성지순례 하는 기분으로 찾아갔던 날이었다. 주차장에서 내려, 인터넷에서 많이 보았으므로 너무나 익숙한 로고가 선명한 간판을 보고 감격했다. 출입문을 잡고 손에 힘을 주는 순간, 가슴이 두근두근했다. 가족들에게 들었던 대로 내부가 상당히 크고 넓었다. 물건도 다양하게 많았는데, 한국에서 보지 못한 브랜드가 많아서 더욱 신기했다. 뿐만 아니라 플라이 낚시꾼이면서도 "이것은 무엇에 쓰는 물건인고?" 하며 고개를 갸웃하는 소품들도 꽤 있었으니 그저 신세계였다.

시간 가는 줄 모르던 그 날의 경험 이후, 그곳은 이제 언니네 놀러 오면 늘 들르는 곳이 되었다. 일주일짜리 여행자는 올 때마다 매번 시간을 쪼개서라도 꼭 갔다.

항상 시간에 쫓기는 여행자였기에 플라이 낚시가 우리나라보다 보편화되었다는 미국이지만 한 번도 낚시할 엄두를 내지 못했다. 처음으로 5주라는 긴 시간 동안 머무르는 이번 여행에선 한 번쯤 '진짜 낚시'를 해보고 싶었다. *Bob Marriott's fly shop*에서 낚시 용품들을 보며 대리만족하는 것이 아니라, 진짜 물에서 낚싯대를 휘두르는 일을 드디어 해보아야겠다고 맘먹었다.

다음엔 언니가 사는 미국에 가게 되거든 꼭 낚시를 해보고 싶다는 나의 글을 읽고, 친하게 지내는 낚시꾼이 무려 8절로 되어있는 여행용 낚싯대를 주었다. 한 뼘 조금 넘는 작은 부피의 그 여행용 낚싯대를 처음 그에게 받은 것은 꽤 오래전이었는데 드디어 이번에 캐리어에 챙겨 넣을 수 있었다. 릴과 미끼도 가방에 넣어 비행기를 탔다. 써볼 일이 없어도 할 수 없지만 일단 가져가야겠다며 그것들을 챙겨 넣으며, 마음이 꽤 부풀어 올랐다.

낚싯대를 챙겨왔다면 그다음은 당연히 정보를 얻는 일이다. 정보를 얻는 데엔 어느 곳에서든 낚시 가게 이상의 좋은 곳이 없는 법이다. 구글 번역기의 도움을 받아 *Bob Marriott's fly shop*에서 근처 낚시터의 정보를 얻었다. 공원이지만 플라이 낚시를 할 수 있다는 것, *'catch and release'*라는 것, 그리고 무지개송어는 방류하지만, 지금은 여름이라 이제는 방류하지 않고 배스, 블루길 등이 낚인다는 것을 알았다. 그 외에 가장 중요한 것은 낚시 면허였다.

미국에선 낚시 면허가 있어야 한다는 것은 알고 있었는데, 공원에서 낚시하는 것도 낚시 면허가 필요했다. 게다가 외국인의 낚시 면허료는 내국인보다 훨씬 더 비싸기도 했다. 하루, 이틀, 아니면 열흘과 한 달짜리 면허가 있다고 했다.

낚시 문외한인 언니를 세워둔 채 이런저런 정보를 묻고, 매장 구석구석에 놓인 많은 물건을 구경했다. 처음 보는 브랜드의 용품들, 써본 적 없는 아이디어 상품들, 그리고 가끔 이곳을 떠올리게 될 *Bob Marriott's fly shop*의 로고가 찍힌 물건들도 몇 개 골랐다.

눈을 빛내며 구경하는 나를 보던 언니는, 예전 여행 왔던 부모님과 함께 내가 주문한 물건을 사러 왔던 이야기를 하며 웃었다.

"이 동네에 그렇게 오래 살았지만 이런 데가 있는 줄도 몰랐어. 나 원 참, 낚시꾼 동생 덕에 엄마 아빠 다니러 오실 때마다 함께 낚시 가게엘 매번 왔었지."

나 역시도 언니의 말을 듣고 웃었다.

별반 잡는 것 없이도 낚시가 즐거운 꽝 조사에게 *Bob Marriott's fly shop*은 낚시 가게면서, 성지순례지 같은 곳이다. 하지만 그것에 더해 이곳이 특별한 이유는 우리 가족의 이야깃거리가 있는 곳이기 때문인지도 모르겠다. 나만 알고, 나만 기억하는 곳이 아닌 가족 모두 함께 기억하는 곳이기에 특별한 것이다. 플라이 낚시라면 다들 문외한인 가족이었지만 *Bob Marriott's fly shop*이라면 모두 할 이야기가 많았다. 비록 함께 추억할 부모님은 이제 계시지 않지만, 이곳에서의 부모님을 함께 추억하는 언니가 있으니 여전히 나에게 이곳은 특별한 곳으로 남는다.

오늘 역시, 앞으로도 오랫동안 그곳을 떠올릴 때마다 함께 기억할 이야기의 하루로 남을 것이다.

미국의 낚시

간밤에 낚시하러 가는 꿈을 꾸었다. 잠에서 깨어 혼자 웃었다. 혹시나 싶어 여행 가방에 낚싯대를 챙겨왔지만, 막상 여행 기간을 다 보내도록 낚시는커녕 매일 무얼 하느라 그리 바쁜지 시간은 참 빨랐다. 돌아갈 날을 며칠 남겨둔 즈음에서야 그 낚시를 해봐야겠다고 맘먹었다.

알지 못하는 미국의 플라이 낚시에 대한 정보는 얻기 쉽지 않았다. 특히 남쪽 캘리포니아는 바다 낚시를 많이 하는 곳이었다. 플라이 낚시를 할 만한 계곡은 거의 없었고, 대부분이 호수 낚시였다. 그뿐만 아니라 그 호수의 송어는 겨울에만 방류한다고 했다. 그러니 오렌지 카운티 같은 캘리포니아 남쪽 지역에서 이 시기에 플라이 낚시를 하고 싶으면 시에라 산맥 쪽으로 가야 한다고들 했다. 내가 우리나라에서 주로 해온 송어 낚시의 계절은 이쪽 지역에선 이미 시즌이 한참 지나있는 것이다.

그렇더라도 돌아가기 전에 낚싯대라도 담가야겠다

고 마음을 먹고 낚시 면허를 사러 갔다. 의외로 써야 하는 것이 많았다. 담당 직원은 나의 여권 정보를 써넣었고, 캘리포니아에 6개월 이상 머무른 적이 있는지, 낚시 면허는 이번에 처음 사보는 것인지 등을 물었다. 전화번호와 주소도 알려줘야 했다. 그리고 받아 든 하루짜리 낚시 면허는 17불이 조금 넘었다.

그 낚시 면허를 들고, 라구나 레이크 공원*Laguna Lake Park*에 찾아갔다. 이곳도 우리나라의 저수지 풍경과는 완전히 달랐지만, 처음에 가봤던 *Ralph B. Clark Regional Park*에 비하면 그래도 좀 더 낚시터답긴 했다.

'여기도 연못이긴 한데…' 싶었지만 역시 사람들은 낚시를 하고 있었다. 루어 낚시를 하는 이가 대부분이었고, 한둘은 플라이 낚시를 하기도 했다. '6월의 더운 날씨에, 새벽에 해도 조과를 장담하기 어려울 텐데 한낮에 낚시라니…' 라는 생각을 하면서도, 돌아갈 날이 가까운 여행자에겐 조건을 따질 여유는 없기에 야심차게 낚싯대를 꺼내어 릴을 끼우고 라인을 세팅했다.

라구나 레이크 공원은 낚시 전용의 저수지가 아닌 공원이었으므로 물가의 산책로를 걷는 사람들이 꽤 있었다. 심지어 근처의 승마장에 있던 말들도 나와 저수지 한 바퀴를 돌았다. 물에는 오리와 거북이가 헤엄치고 있었다. 사람 바로 옆에서도 크게 놀라지 않는 모습이었다. 함께 간 언니가 데려간 강아지는 물에 들어가 헤엄을 치겠다며 첨벙첨벙 물로 뛰어들었다. 우리나라의 낚시터와는 달라도 한참 다른 분위기였다. 낚시꾼들은 산책하는 사람들, 그리고 물가의 오리와 거북이, 거기에 더해 물에 뛰어드는 강아지 사이에서 자연스럽게 낚시를 했다.

어이없는 웃음이 나다가 문득, 이런 환경이 부러웠다. 우리나라엔 낚시 면허 제도가 없으니 공짜로 낚시하는 물가가 대부분이다. 하지만 역시 유료 낚시터도 많다. 특히 겨울철 관리형 저수지의 유료 송어 낚시터의 입어료를 따져보면 이곳의 낚시 면허 가격과 크게 다르지도 않다. 그러나 낚시터 전용이 아닌 이런 공원에서도 낚시를 할 수 있는 환경은 역시 부러웠다. 공원에는 한 사람당 두 마리까지만 잡아갈 수 있다는 안내와 함께, 낚싯줄을 따로 모아 버리는 수거함도 있었다. 이렇게 관리되고, 가까이 찾을 수 있는 낚시공원이 있다면 낚시 면허 비용을 내더라도 아깝지 않을 것이다.

한낮의 태양이 뜨거웠지만, 물가의 나무 그늘에선

서늘한 바람이 불었다. 오리들이 물가에 쉬고 있었고, 거북이들은 물 위로 솟아오른 돌 위에 올라가 등껍질을 말리고 있었다. 물속에 팔뚝만 한 커다란 물고기가 유유히 지나가는 것이 종종 보였다. 이 더위에 송어일 리는 없고, 배스는 확실히 아니었으니, 아마도 어종 안내판에 있던 캣피쉬일지도 모르겠다.

낚시꾼은 여럿 있었지만, 잡아 올리는 사람은 아무도 없었다. 맞은편의 루어 낚시꾼 하나가 무언가를 잡아 올리다 놓치며 내뱉는 괴성을 들었다. '그 맘 잘 알지….' 싶은 마음에 슬그머니 웃음이 났다. 어쨌거나 내 낚싯대는 끝내 휘어지지 않았다. 하지만 난생처음 미국에서 낚시했던 몇 시간은 나의 낚시 인생에서 색다른 경험이었다.

몇 달 전 한 매거진에 기고했던 글은 낚시 이야기였다. 나는 그 글의 마지막에 이렇게 썼던 기억이 있다.

"무용한 것은 결코 무용하지 않다."

그렇다. 잡는 것 없이 시간과 돈을 미국의 저수지에 빠뜨리고 온 것 같은 세상 무용한 낚시지만, 낚시는 늘 나에게 무용하지만 결코 단 한 번도 무용한 적이 없었다. 그러면서도 주먹을 꽉 쥐고 돌아오며 생각했다.

'다음에 여행 오면 시에라 산맥으로 올라가야겠다.'

계방천에 열목어가 돌아오는 날

봄가을이면 매주 낚시를 갔다. 어둑한 이른 새벽에 종종 운두령을 넘었다. 고갯길에서 내려다보면 구름바다였다. 하지만 몇 년을 다녔어도 깜깜한 때에 그 고개를 넘은 적은 없었다. 낚시꾼이 된 초기, 누군가가 믿거나 말거나 하며 해준 이야기는 이랬다.

"6.25 전쟁 때 운두령에서 전투가 너무 치열해서 골짜기로 피가 흘렀대요."

그 이야기를 듣고는 깜깜한 밤에 운두령을 혼자 넘을 자신이 없었다. 하지만 깜깜한 밤만 아니라면, 운두령 고갯길만큼 아름다운 곳은 없다. 구불구불한 고갯길도, 고갯마루에서 내려다보는 경치도 모두 발길을 재촉할 수 없게 만들었다.

56번 도로를 타고 갈 때 왼편으로 따라오는 물줄기가 계방천이었다. 누구에겐 구룡령으로 가기 위해 그저 지나가는 길일 수도 있다. 또 누구에겐 유명한 은행나무숲을 보러 가는 길이었을 수도 있겠다. 나에겐 그곳이 봄가을이면 매주 찾는 낚시터였다. 사람도, 차도 드물게 지나가는 그 물길에서 낚시할 땐 마치 다른 세상에 와있는 것 같았다.

바람이 불어 건너편 산의 나무들이 흔들렸다. 큰바람이 불 땐 마치 산 전체가 일렁이는 것만 같았다. 계곡의 물이 힘차게 흘렀다. 햇살 좋은 오후, 가만히 눈을 감고 있으면 나를 스쳐 가는 바람의 소리도 들을 수 있을 것만 같았다.

나는 계방천에서 플라이 낚시로 열목어를 낚았다. 한 마리를 낚으면 충분했고, 세 마리쯤 낚으면 만선이나 다름없는 낚시꾼이 나였다. 열목어는 순한 얼굴을 하고 있었다.

어느 해인가는 계방천에서 혼자 캠핑했던 밤이 있었다. 밤이 되자 물소리는 더욱 또렷해졌다. 누구는 그 빛없는 계곡의 밤이 무섭지 않았냐고 했지만, 이미 계방천은 내겐 익숙한 곳이기에 낯선 공포는 없었다. 새벽이 되어 텐트를 걷고 나왔을 때 계곡의 물안개와 그 너머의 푸른 나무들이 어울린 그 싱그러움을 잊을 수 없다.

계곡가에서 캠핑을 하면 나는 불을 피우지 않았다. 빵 봉투를 부스럭거리니 근처에서 채소를 다듬고 계시던 동네 할머니를 따라온 큰 개가 관심을 보였다. "못 써!" 하는 할머니 말씀에 눈치를 보던, 열목어처럼 순한 얼굴을 한 녀석과 눈을 마주치던 그런 아침도 있었다.

"2012년 5월 31일 환경부는 열목어를 멸종위기 야생생물 2급으로 지정했다."

어느 날 기사 한 줄이 떴다. 더 이상 열목어 낚시를 할 수 없게 되었다. 지정이 해제되는 경우도 없진 않으나 거의 드문 일이므로 다들 이제 열목어 낚시는 끝났다고 이야기했다. 실제로 최근 멸종위기 야생생물 목록은 오히려 15종이 늘었다고 한다. 환경은 점차 파괴되고 있으니 지정 목록은 줄어들기보다 오히려 늘어나는 것이 더 당연한지도 모른다는 생각을 하면 씁쓸하기도 하다.

이제 열목어 낚시를 하지 않으니 계방천에 갈 일이 없어졌다. 하지만 해마다 봄이 될 때, 그리고 뜨거운 여름을 지나고 가을을 맞이할 때면 늘 습관처럼 며칠간 계방천을 생각한다. 그곳의 순한 열목어들을 생각한다. 언젠가 계방천에 열목어들이 돌아오는 날을 그려보기도 한다. 그날이 오면, 예전처럼 낚싯대를 들고 있는 듯 없는 듯 그렇게 자연 속으로 스며드는 하루를 보낼 수 있으리라 기대하면서 말이다.

나의 첫 산천어

남들은 낚싯대 처음 들고 나가서도 잘 잡는 산천어를, 나는 여러 달 걸려서야 낚았다. 어디로 가서 어떤 미끼를 달아 낚싯대를 휘둘러야 하는지도 잘 모르던 시절이었다. 숙달된 낚시꾼을 따라간다던가, 낚시 가게의 동행 출조 기회를 맞추지 못했으므로 처음부터 버벅거리며 혼자였다.

물론 처음부터 혼자 하려던 것은 아니었다. 낚시는 혼자 배우기 어렵다고 하여 한 동호회에 정식 회원이 아닌 예비자격으로 몇 번 참석했었다. 귀동냥하는 것도 있었고, 낚시꾼들의 분위기도 엿볼 수 있던 시간이었다. 그러나 남자 낚시꾼들 일색인 낯선 모임에서 잘 어울릴 사교성은 부족했기에 결국 가입하지 않은 채 나는 그저 나 홀로 낚시꾼으로 남았다.

그 이후에는 낚시꾼들의 블로그를 드나들었다. 생면부지의 낚시꾼들은 늘 나에게 도움을 주었다. 그들은 물고기가 잘 낚이는 지점을 표시한 지도를 그려서 보내주기도 했고, 그 계절에 맞는 미끼를 추천해주기도 했다.

내 인생 첫 계류 낚시터는 양양의 법수치 계곡이었다. 동호회의 예비모임 첫 장소가 법수치였기 때문에 아는 곳은 그곳 하나였다. 끝내 동호회는 가입하지 않은 채 나 홀로 낚시꾼으로 남은 그 이후에도 나는 혼자서 종종 법수치에 갔다.

어려서부터 우리 가족에게 물놀이는 수영장이었지 계곡이 아니었다. 그렇기에 계곡에 물고기가 산다는 생각을 한 번도 해보지 않았다. 물은 그저 물이기만 했던 낚시꾼에게 어느 곳을 공략해야 하는가는 난제였다. 물고기가 주로 머무는 곳, 계절에 따라 다르다는 물고기의 움직임이며 먹이, 그런 것들을 알 리가 없었다.

맨땅에 헤딩하듯 낚시를 하면서도 나는 퍽 즐거웠다. 짧은 다리, 들어간 곳 없이 나오기만 한 둔한 몸이었지만 계곡의 바위를 낑낑대며 넘어 다녔다. 매번 넘어졌고, 물에 빠졌고, 꽝 치고 빈손으로 돌아왔다. 그래도 나는 즐거운 낚시꾼이었다. 긁는 복권이 매번 '다음 기회에'라고 이야기하는 것처럼 항상 꽝을 뽑으면서도 기대로 가슴이 가득 채워지곤 했다. 늘 '다음에는…!'이라고 주먹을 불끈 쥐며 돌아왔다.

어느 날, 무언가를 처음 낚았다. 사진에서 여러 번 보았던 산천어를 생각했다. '파 마크'라고 하는 그 선명한 몸체 무늬는 없었다. 하지만 햇빛에 비춰보면 줄무늬가 있는 것 같기도 했다. 희망이 너무 컸던 모양이다. 꿋꿋하게 '산천어인지도 모른다'라고 자기 최면을 걸었다. 그러자 그것은 점점 큰 확신으로 다가왔다. 블로그에 자랑했다.

"드디어 산천어를 낚았다!"

나중에 들으니 그것을 본 낚시꾼들은 저마다 혀를 찼다고 한다. 누구든 얘기를 좀 해줘야 하는 것 아니겠느냐, 저것은 갈겨니인데 저걸 보고 산천어라고 좋아하니 어쩌면 좋으냐며 다들 황당해서 웃었다고 했다.

갈겨니를 보고 산천어라 흥분하던 일자무식의 낚시꾼은 그 이후에도 실망하지 않고 꿋꿋하게 낚시 인생을 이어갔다. 몇 달이 지나도 여전히 산천어 얼굴은 보지도 못했지만 의욕만큼은 늘 충만했다.

결국 꽝 조사는 태백의 덕풍계곡에 진출하기 이른다. 어디서 누군가 물고기가 잘 나온다더라 하면 귀가 솔

깃해지는 초보 팔랑귀 낚시꾼이었다. 덕풍계곡에 가기만 하면 산천어가 떼로 몰려들 거라는 망상을 가졌다. 내가 그간 산천어를 낚지 못했던 것은, 빈천한 법수치탓인 것이지 내가 함량 미달 낚시꾼이어서가 아니라고 으쓱했다.

하루 종일 낚시해도 물고기는커녕 사람을 단 한 명도 보지 못하는 날이 대부분이었다. 어떤 날은 집채만 한 개가 가방을 툭툭 치며 먹을 것을 찾았다. 어떤 산속에선 버려진 폐가를 보고 으스스했다. 엄마는 늘 걱정했지만 나는 혼자 낚시하는 깊은 계곡이 무섭지 않았다.

그랬기에 덕풍계곡 역시 다른 낚시꾼들의 그림과 설명을 나침반처럼 새기고 겁 없이 들어갔다. 운동신경 없는 둔한 몸이었지만 법수치보다도 험한 그 낯선 계곡의 풍경에 온통 마음을 빼앗겼다. 그 맑은 물, 앞산이 내 눈앞에 와 있는 듯한 그 깊고도 높은 골짜기는 또 다른 아름다움이었다.

덕풍계곡의 그 맑은 물에서 나는 드디어 낚시 입문 몇 달 만에야 산천어 한 마리를 낚았다. 볼펜 사이즈의 작은 산천어였지만 혼자서 좋아 어쩔 줄 모르며 환호했다. 사람 없는 계곡에서 춤이라도 추고 싶었다. 뜰채에 넣고,

사진을 찍고, 소중히 돌려보냈다. 그런데 일어나 뒤돌아섰을 때 그만 너무 놀라 주저앉을 뻔했다. 웬 낚시꾼이 서서 나를 보고 웃고 있었던 것이다. 알고 보니 멀리서부터 그도 낚시하며 내가 낚시하는 것을 보았다고 하셨다. 음…. 그러니, 한 마리 잡고 오두방정 떤 것도 다 보셨던 것이다. 처음 산천어를 잡았다는 말에 그분은 놀라며 축하한다고 인사를 건넸다.

이름도 알지 못하는 그 낚시꾼을 그 이후 만난 일은 없다. 그저 나 혼자 마음속으로 이름 대신 '목격자님'이라 지칭할 뿐이다. 하긴 또 모를 일이다. 사람 눈이 어두운 것으로는 둘째가라면 서러운 내가 어느 계곡, 어느 물가에서 지나쳤으나 알아보지 못했을 수도 있다.

요즘도 가끔 내 첫 산천어와 함께 덕풍계곡, 그리고 그 목격자님을 떠올리면 웃음이 난다. 그분 역시 어디선가 산천어를 보면서 내 이야길 하고 있을지 모르겠다. 예전에 덕풍계곡에 갔더니 웬 여자 낚시꾼 하나가 한 뼘짜리 산천어를 낚고는 엄청 좋아하던데…. 하면서 말이다.

낚싯대 단상

시댁 제사에 다녀온 남편 손에 오래된 낚시 용품들이 들려있었다. 내가 하는 낚시가, 젊은 시절에 하셨다는 그 플라이 낚시라는 것을 전해 들으신 아버님은, 예전에 쓰던 낚시 용품들을 챙겨 보내시며 말씀하셨다고 했다.

"줄 사람이 있어 참 다행이다."

시아버님이 오래전 낚시를 하셨다는 건 알고 있었다. 그때 하셨던 것이 플라이 낚시라고 언뜻 들은 기억이 있지만 귀담아두지 않았었다. 나는 이십여 년 가까이 시댁과 반목反目했다. 그렇기에 아버님과 직접 낚시 이야기를 나눌 일은 없었다. 마지막으로 시댁에 갔던 오래전, 주차장까지 나와 배웅하던 시아버지가 한마디를 건네셨다.

"네 마음 다 안다."

그날 이후 시댁에 간 것은, 아버님이 돌아가시기 며칠 전이었다. 앞선 시간이 그 어떤 마음으로 쌓였더라도 마지막 인사를 전하는 것은 당연한 도리였다. 시아버지의 손을 잡고 그저 말했다.

"마음 편히 가지세요, 아버님."

내가 무슨 다른 말을 건넬 수 있었을까. 시아버지의 마른 장작 같은 손은 병상에 누워있던 엄마를 생각나게 했다. 초점을 맞추기 힘든 눈빛이며, 표정 없이 떨리는 안면 근육들이 말하고 있었다. 이제 남은 시간이 얼마 없다는 것을.

아흔이 가까운 연세의 아버님이 내게 챙겨 보내신 그것들은 젊은 시절에 쓰시던 물건이었다. 사오십 년은 더 된 물건들이니 오래되어도 참 오래된 것이다. 낚싯대를 손에 들고 물가에 선, 젊은 낚시꾼이던 아버님을 잠시 상상했다.

당당하고 빛나던 젊은 시절, 흐르는 물가에서 함께 했을 그 낚싯대를 쓰다듬어 보았다. 귀를 대면 바닷소리가 들리는 소라고둥처럼, 어쩐지 낚싯대에서 힘차게 포말이 부서지는 계곡 물소리가 들릴 것도 같았다. 햇빛에 반짝이는 물비늘이 지문처럼 남아있는 듯한 느낌이 들기도 했다.

그해 가을, 시아버지의 오래된 낚싯대를 가지고 계곡에서 무지개송어를 낚았다. 몇십 년 만에 물가에 나왔을 그 낚싯대를 들고, 계곡을 거슬러 올랐다. 미끼를 물고, 낚싯바늘에 걸린 송어가 펄쩍펄쩍 뛰었다. 날것으로 살아있는 송어의 생명력이 낚싯줄을 타고, 한껏 휘어진 낚싯대를 타고 내 손에 전해졌다.

오래 낚시를 해온 낚시꾼들조차 그 브랜드를 알지 못해 신기해하며 구경했다. 그중 일행 하나가 낚싯대를 이리저리 보다가 혼잣말처럼 말했다.

"줄 사람이 있으니 얼마나 좋으셨겠어요."

그때, 그 오랜 낚싯대를 남편 손에 챙겨 보내시며 전하셨다는 아버님의 말씀을 떠올렸다. '줄 사람이 있어 참 다행이다.'

장례를 치르며 시어머니가 그 낚싯대를 보낸 이야기를 꺼냈다. 아끼던 거라 버리지도 못하고 있던 그 오래된 물건을, 이제야 줄 사람이 있다고 무척 좋아하셨다고 했다. 나도 덤덤하게 웃으며 "그 낚싯대로 송어를 여러 마리 잡았어요" 라고 대답했다. 그리고 영정 속 시아버님을 오래 바라보았다.

"내가 너의 맘을 안다"라고 하신 그 한마디를 가끔 생각했다. 그 말을 의심하지는 않는다. 적어도 그 순간의 마음은 진심이었을 것이라 믿는다.

마지막 인사를 드리고 돌아설 때, 생의 남은 기운을 모두 끌어 모은 듯 힘겹게 나를 부르던 그 목소리를 떠올리기도 한다. 지금도 가끔 그분을 생각하는 그 순간의 내 마음도, 마찬가지로 진심인 것이다.

세월이 많이 지나고, 그만큼의 나이를 더 먹었다고 해서 이해의 폭이 더 넓은 사람이 되진 못했다. 다만 이제는, 타인을 완전히 이해하는 것은 불가능하며, 마찬가지로 완전히 이해받을 수도 없다는 생각을 한다. 같은 하나라고 해도, 바라보는 방향에 따라 달라지는 무수히 많은 형태와 그림자를 갖는 것이니 말이다. 생각이 여기에 다다른 이후엔, 오히려 날 선 마음 끝이 무뎌지고 편해졌다.

그러니 또 다른 방향에서, 다른 빛 아래 우리가 마주했더라면, 새로운 모습의 그분을 볼 수 있었을지도 모르겠다. 아마도 여전히 삶을 공감할 수는 없었을 것이다. 하지만 봄이 오는 이맘때쯤엔, 어쩌면 계곡의 무지개송어 이야기를 함께 나눌 수 있었을지도 모른다는 생각이 들었다.

계곡의 하루

나는 해마다 봄이면 그해의 플라이 낚시를 시작한다. 주로 가는 강원도의 계곡에는 무지개송어가 살고, 내가 '늠름한 나무'라고 이름 붙인 멋진 나무가 있고, '번개'라는 이름을 가진 순한 얼굴의 커다란 개가 산다.

래브라도 리트리버종으로 보이는 번개를 만난 것은 꽤 여러 해 전이다. 그 시절 번개는 아는 척을 하면 좋다고 앞발을 들어 매달리곤 했었다. 일어서면 키 작은 나에겐 어깨에 닿았다. 이제 번개는 거의 누워있다. 이름을 부르면 꼬리만 철썩철썩 바닥에 몇 번 내리치는 게 전부이다. 그마저도 해마다 봄이 되어 그 계곡을 찾을 때면 걱정한다. 건강한 모습으로 변함없이 번개가 반겨줄까. 혹여 겨울 동안 무지개다리를 건넌 것은 아닐까. 작년 가을 끝자락에 계곡 낚시를 접으며 번개를 만나 인사를 건넸다.

"내년 봄에 보자!"

올해 봄이 되어 찾아갔을 때 번개가 없어서 마음이

덜컥했다. 그러나 다행히 번개 집도, 번개 목줄도 그대로 있었고, 낯익은 밥그릇도 그대로였다. 주인 따라 산책하러 나갔다고 생각했다. 번개를 만나지 못한 것이 서운했지만 다행스러운 마음이었다.

마을 입구에는 축대를 뚫고 비스듬하게 자란 커다란 나무가 있다. 도로에서는 마치 땅에서 올라온 나무 같지만 아래로 내려가 보면 축대 중간을 뚫고 나와 있다. 아마도 나무가 먼저였을 것이고, 나무를 베어내지 않고 축대를 쌓으며 길을 낸 듯했다. 독특하면서도 웅장한 기분이 드는 나무이다. 그러면서도 축대 중간으로 줄기가 휘어 나와 뻗어 올라간 나무는 안쓰럽기도 하다.

십 년 넘게 그 계곡을 다니면서도 나는 아직 그 나무가 무슨 나무인지 모른다. 마을에 들어서며 눈인사를 하고, 낚시를 마치고 나오며 그 나무 밑에서 낚싯대를 정리했다. 그리고 종종 나무의 사진을 찍었다.

나는 대부분 평일에 낚시를 한다. 그렇기에 가뜩이나 인가가 적은 시골 마을 동네에서 사람을 만날 일은 거의 없다. 인도가 따로 없는 왕복 1차선 도로의 마을은 하루 종일 조용하다. 설령 인도가 있었다 한들 지나다니는 사람도 없었을 것이다. 도로 역시 차가 거의 지나지 않는다. 가끔 그 주변에 앉아 있을 때면 나무를 스치고 지나는 바람의 소리가 들리기도 한다. 바람 속에서 가만히 눈을 감아보곤 한다.

낚시를 하기 전 나에게 강원도는 머나먼 곳이었다. 일 년에 한 번도 강원도 땅을 밟지 않는 해도 많았다. 그랬던 내가, 이제 봄가을이면 매주 강원도를 간다. 강원도의 인적 없는 계곡에서 나는 혼자 걷고, 아무 데서나 앉아 쉬고, 나무와 흐르는 물에게 말을 건다. 물가의 매 순간은 언제나 모험이다.

넘어지며 낚싯대를 몇 번이나 부러뜨리고, 물에 빠져 핸드폰도 두어 번 수장시키고 그 외에도 좌충우돌하는 일이 여러 번이다 보니 어떤 분은 낚시하러 가서 예능을 찍고 오는 거냐며 놀리기도 했다. 생각해보면 사실 그보다는 몸개그의 연속에 가깝기는 하다.

계곡의 물이 유난히 맑은 날이 있다. 긴 계곡의 아래부터 위까지 한 번씩 들어가 본다. 간간이 송어를 낚았다. 낚싯줄을 던지는데 철교 위로 화물기차가 지나갔다. 빠앙, 길게 경적을 울렸다. 김광섭 시인은 채송화가 무더기로 피어 생의 감각을 흔들어준다고 했는데, 화물기차의 요란한 기적소리는 알람처럼 내 하루의 감각을 흔들어주었다.

낚싯대를 접고 돌밭을 천천히 걸어 도로 위로 올라왔다. 문득, 예전에 누군가 내게 "낚시가 왜 좋아요?"라고 질문하던 순간을 떠올렸다.

달궈진 돌밭 위를 걸으며 생각했다. 그때 내가 무어라 대답했던가는 잊었고 질문만이 남았다. 잠시 도로가에 서서 흐르는 물을 멀찍이 바라보았다. 그렇게, 적요의 순간이 찾아왔다.

바느질은 적성이 아니라

플라이 낚시에서 특별한 점 하나를 꼽으라면 타잉*tying*일수도 있겠다. 리본체조를 하듯 길고 긴 라인을 멋지게 휘둘러 흐르는 물 위에 던지는데 그 줄의 끝에는 아주 작은 가짜 미끼가 매달려있다. 그 가짜 미끼를 플라이*fly*라고 하며 그 플라이 또는 훅이라 부르는 미끼를 만드는 것을 타잉이라고 한다.

날벌레거나 수생곤충을 본떠 만드는 그 타잉의 재료는 새들의 깃털, 토끼나 사슴 등 짐승의 털이나 가죽 같은 천연재료와 함께 무게를 주는 구슬, 반짝이는 인공재료들도 사용된다. 새끼손톱보다 짧은 길이의 바늘에 실로 몸통을 감고, 온갖 재료를 사용해 당장이라도 날아갈 듯한 날벌레를 본뜬 미끼를 만드는 작업은 보고만 있어도 신기했다.

내가 타잉을 직접 시작하기 전 낚시꾼들은 이런저런 낚시의 정보를 알려 주었던 것처럼 그들이 만든 미끼를 나눠주었다. 일면식도 없는 블로그의 이웃들은 내가 종종

가던 겨울의 유료 낚시터에 미끼를 맡겨두고 가며 나중에 찾아가라고 하기도 했고, 택배로 보내주는 사람도 있었다. 그들은 야박하지 않게 늘 미끼를 나눠주고, 애써 얻었을 정보를 흔쾌히 전해주었다. 뿐만 아니라 알지 못하는 초보 낚시꾼에게 대가 없이 장비를 물려주는 사람도 있었다. 고마움을 넘어 미안해하고 부담스러워하기까지 하는 나에게 어떤 낚시꾼은 말했다.

"저도 처음에 낚시 시작할 때 여기저기서 도움도 받고, 미끼도 얻고, 장비도 물려받고 그랬어요. 나중에 익숙해지시면 시작하는 낚시꾼에게 이렇게 도움 주시면 되죠."

그의 말이 크게 와닿았다. 선의는 그렇게 대물림되는 것이다. 그런데 낚시한 지 열일곱 해를 보내고 있는 나는 여전히 잡는 것은 별반 없는 어설픈 꽝 조사이다 보니 부끄럽게도 아직 주변 낚시꾼들에게 도움을 받는 쪽이다.

"플라이 낚시꾼이라면 다른 건 몰라도 타잉은 할 줄 알아야지."

"자기가 만든 미끼로 직접 물고기를 낚아봐야 진정한 플라이 낚시꾼이라고 할 수 있지 않겠어요."

"타잉도 또 하나의 플라이 낚시랍니다."

다들 이런 말을 하니 나 역시도 야심차게 타잉이란

것을 시작했다. 처음엔 플라이 낚시 가게의 타잉클래스에서 몇 번 배우기도 했고, 다른 낚시꾼들에게 어깨너머로 익히기도 했다. 재료를 사고 공구와 바늘을 구입해서 어설프게나마 만들어보았다. 내가 만든 미끼로 물고기를 낚는 기분은 또 어떨까 엄청나게 기대했다.

하지만 만들어놓은 훅은 비율도 잘 맞지 않고, 어딘가 이상한 비주얼이었다. 게다가 물에서 진짜 날벌레처럼 균형 있게 동동 떠 있기는커녕 거꾸로 뒤집히거나 삐딱하게 누운 채로 떠내려오곤 했다. 하지만 내 눈에는 그저 예뻐 보였다. 아주 간혹 내가 만든 미끼로 물고기를 낚을 때는 신기하고 기쁜 마음이 배가 되었던 것도 사실이다. 그러나 그 기쁨에 비해 타잉은 점점 재미가 없었고, 스트레스만 늘어갔다. 당연히 타잉 실력도 늘지 않았다.

사실 나는 바느질에 소질이 없는 사람이다. 학창 시절 프랑스자수나 바느질 수업은 늘 실기점수가 바닥을 쳤다. 엄마와 친구들이 대부분 다 도와주었어도 나는 끝내 제대로 바느질을 익히지 못했다. 결혼한 이후엔 단추 하나가 떨어져도 근처 사시던 엄마에게 가지고 갔다. 어쩌다 내가 혼자 해놓으면 오늘 달아놓은 단추는 다음 날이면 떨어지는 수준이었다. 아니면 기껏 단추를 달고나서 꿰어보면 단춧구멍과 맞지 않아 허탈했다.

이런 사람에게 야심차게 시작한 타잉이 재미있을 리가 없었다. 결국 사 모은 닭털, 오리털, 토끼 얼굴 가죽 등과 실이며 바늘, 반짝이 같은 온갖 재료들은 모두 주변에 나누어주고 짧은 타잉 인생은 마감했다.

그 이후 낚싯바늘은 대부분 사서 쓰며, 간혹 주변 낚시꾼들에게 얻기도 한다. 낚시꾼이면서 전문적으로 타잉을 해서 미끼를 판매하시는 분은 늘 주문할 때마다 몇 개씩 미끼를 더 보내주시곤 했다. 꼼꼼하게 미끼의 운용 방법을 그림과 함께 메모해서 보내기도 했다. 또 다른 낚시꾼들 역시 물가에서 만나면 오늘 써보시라며 미끼를 여러 개 건네주었고, 타잉을 하지 않는 나에게 가끔 상자 안에 미끼를 가득 채워 보내주는 지인도 있었다.

남자 중에도 가늘고 아름다운 손이 많긴 하지만, 낚시꾼들의 거칠고 투박한 손으로 진짜 날벌레처럼 생긴 미끼들을 섬세하게 만들어내는 것은 아무리 생각해도 신기했다. "아니, 그런 솥뚜껑 같은 손으로 이런 작품이 어찌 만들어지는 겁니까?" 하며 웃기도 했다.

타잉을 그만둔 지는 오래되었으므로 나의 훅 박스

안에 내가 만든 훅은 이제 있지 않다. 구입하거나 얻은 훅들은 역시 진열해두어도 예쁘겠다 싶을 만큼 멋지다. 이 정도라면 물고기들도 진짜 날벌레인 줄 알 거야, 싶기도 하다.

하지만 가끔은 내가 만든 훅으로 낚시하던 때를 떠올리기도 한다. 물에 떨어지면 비스듬하게 누워버리기가 일쑤인, 그냥 봐도 이상하게 생긴 그것들은 비뚤비뚤 어설프기 짝이 없었다. 훅 박스 안을 보면 내가 만든 것과 얻은 것은 한눈에 구분할 만큼 비주얼이 달랐었다. 그래도 역시 내가 만든 훅으로 물고기를 낚았을 때의 즐거움은 확실히 얻거나 구입해서 쓰는 것들보다 좀 더 컸음이 사실이다.

돌아선 길에 아쉬움이 없진 않지만, 그 타잉이란 것을 다시 해볼 엄두는 나지 않는다. 열일곱 해 전에도 해내지 못했던 타잉을, 이제 노안까지 와버린 이 나이에 다시 할 것은 아니다. 타잉을 계속해온 사람들조차 "이제 눈이 침침해서 얼마 못하겠어요"라고 해서 웃었다.

내가 타잉에 소질이 있어 척척 미끼도 만들어낼 줄 알았더라면, 나도 이제 막 시작하는 초보 낚시꾼을 만나면 직접 만든 미끼를 건네주며 말했을 것이다.

"이거 한번 써보세요."

고마워하는 초보 낚시꾼이 있다면 어깨를 한번 으쓱하고는 지나치듯 말했을 것이다.

"저도 처음엔 늘 이렇게 얻어 썼는걸요. 나중에 익숙하게 만들 수 있게 되면 그때 다른 초보 낚시꾼에게 이렇게 나눠주시면 되죠."

엄마는 재봉틀 하나로 우리 형제들의 원피스며 집 안의 크고 작은 테이블보, 방석 등을 척척 만들어내는 사람이었다. 아빠의 낚시 유전자를 받은 것처럼 엄마에게도 바느질 유전자를 물려받았더라면 타잉을 좀 잘 할 수 있었으려나 하고 가끔 생각했다. 어쨌거나 나는 직접 만든 미끼를 건네줄 수 있는 베테랑 낚시꾼은 되지 못하고, 열일곱 해가 되었어도 꽝이 낯설지 않은, 이런 얼치기 조사로 살아가고 있다.

조우

과연 겨울인가 싶을 만큼 따스한 1월의 마지막 날, 경기도 죽산 순교성지를 찾아가는 길이었다. 죽산성지가 있는 이곳의 옛 지명은 이진터였는데, 인근 죽주산성을 공략하기 위해 오랑캐가 진을 친 곳이라는 뜻이라고 한다. 그런 이진터가 천주교 박해 시절을 지나며 그곳에 가면 죽은 사람이니 그만 잊으라 하여 잊은 터로 불리었고, 그 아픈 시절을 지나고 지금에 와서야 이곳의 순교자들은 잊으라 하였지만 후세에도 남아 잊히지 않은 사람들이 되었다.

그 죽산성지를 찾아가는 길이 어쩐지 익숙했다. 일죽, 죽주산성. 지나치는 표지판의 지명들이 낯익었다.

'아, 그렇지. 장광지가 이 부근이었지.'

그제야 오래전 몇 번 갔었으나 어느새 잊고 있었던 성지 근처의 낚시터를 기억해냈다.

내가 물에 낚싯대를 드리운 세월이 어느새 십육 년이 넘었다. 처음 낚시를 시작했던 초보 낚시꾼 시절의 어느 날이었다. 호기롭게 낚싯대를 둘러메고 저수지를 찾아갔던 날은 이른 초봄이었으나 오늘처럼 등으로 붙는 햇볕이 덥게 느껴질 정도의 날씨였다.

그즈음은 하던 일을 접고 새로운 일을 준비하던 때였다. 어느 글에서 한 작가님은 휴직하고 있는 동안을 '봄방학'이라고 표현했다. 그 작가님의 표현대로라면 그즈음 나 역시도 봄방학이었다. 다만 직장인이 아니었으므로 그 시기가 정해져 있지 않다 보니 자유로움이 반이었고, 미래를 구상하는 다소 복잡하고 불안한 마음이 반이었던 때였다. 출근하지 않는 평일 오전의 느긋함과 이러다 영영 아무 일도 다시 시작하지 못하는 것이 아닐까 하는 두려움이 한데 섞여 흐르던 나날이었다.

플라이 낚시는 강이나 계곡처럼 흐르는 물에서 하지만, 겨울에는 한시적으로 저수지에 무지개송어를 풀어놓고 유료 낚시터로 운영하는 곳에서 할 수 있었다. 계곡이 얼어버려 낚시할 수 없었으므로 겨울 동안 플라이 낚시꾼이 갈 곳은 선택지가 그리 많지 않았다. 그래서 겨울이면 많은 플라이 낚시꾼들은 저수지 낚시터에 모였다. 무지개송어는 냉수성 어종이었으므로 길어봐야 초봄까지만 운영되는 낚시터였다. 때는 초봄이었으므로 낚시터로 본다면 이제 파장 분위기일 때였다. 게다가 평일이었으니 저수지 낚시터에 사람이 많을 리가 없었다.

물가에 두 분이 낚시하고 있었다. 젊은이와 백발의 할아버지였다. 할아버지가 오랜 낚시 인생으로 젊은이를 가르쳐주시는구나, 했던 짐작은 곧 어긋났다. 그들은 나이와 관계없는 낚시친구임이 분명했다. 두런두런 이야기를 나누며 조용히 웃었다. 봄이 되었으니 어느 계곡이 조과가 좋을 거라든지, 누가 어디서 대어를 낚았다든지 하는 소소한 낚시 이야기들이었다.

이야기가 오고 가는 중간 중간, 어르신이 새로 미끼를 바꿔 묶으려고 낚싯대를 거둘 때마다 젊은이는 자연스럽게 그 낚싯대 끝을 본인 쪽으로 잡아당겨 손수 바늘을 묶어 드렸다. 무심한 듯, 당연하게 어르신의 낚싯대를 가져오는 손길이 익숙했다. 어르신 역시 유달리 고마워하거나, 특별히 미안해하지 않으면서도, 낚싯바늘을 묶어주는 그를 그저 조용히 바라볼 뿐이었다. 덤덤했고, 표 내지 않음으로써 서로를 배려하는 티가 나는 사람들이었다.

예의가 아닌 줄 알면서도 두 낚시꾼이 그렇게 낚싯대를 드리우는 모습을 슬쩍슬쩍 바라봤다. 마땅한 조우가 없이 혼자 다니는 일이 많은 나는 두 낚시꾼이 조금 부럽기도 했다. 나도 늙으면 누군가 옆에서 저리 자연스럽게 낚싯바늘을 묶어주려나, 그런 생각도 잠시 했다.

그 이후 아주 많은 시간이 지났고, 계곡 낚시를 다니게 된 이후로는 처음 낚싯대를 잡았던 시절 연습 삼아 드나들던 저수지 낚시를 이제 하지 않게 되었다. 겨울이 되면 저수지 그곳엔 무지개송어를 많이 풀어놓았겠구나 싶은 생각을 늘 했지만, 언젠가부터 아무리 추워도 언 손을 녹여가며 낚싯대를 휘두르던 초보 낚시꾼의 열정은 이제 사라졌다. 대신 느긋함과 여유가 생겼지만, 여전히 가끔은 겨울 저수지 낚시터를 드나들던 내가 그립기도 하다.

하지만 변하지 않은 것이 있다면 예전이나 지금이나 나는 주로 혼자서 낚시하는 사람이라는 것이다.

세월이 지나며 나 역시도 가끔은 낚싯줄을 바늘에 꿰는 일이 전처럼 쉽지 않다. 노안이 왔다는 것을 책을 읽을 때나 글씨를 쓸 때도 느끼지만 물가에 서서 작디작은 낚싯바늘에 투명하고 가느다란 낚싯줄을 끼워 맬 때도 늘 한 번씩 느끼게 된다. 이런 순간엔 가끔, 오래전 햇살 좋던 이른 봄에 보았던 두 낚시꾼을 떠올리곤 했다.

나는 무심하게 낚싯대를 가져다가 바늘에 꿰어줄 젊은 조우는 여전히 만나지 못했다.

법수치의 가을

사람 눈이 어둡기로는 둘째가라면 서러운 사람이 바로 나다. 사람 얼굴을 잘 기억하지 못하는 것은 고칠 수 있는 습관이 아니기에 난처한 경우도 꽤 있다.

여러 해 전 고등학교 총동문회에서의 일이다. 그해의 총동문회엔 학창 시절의 은사님들을 모시고 행사를 준비한다고 했다. 같은 기수의 동창들과 이런저런 이야기를 나누었다. 문과였던 나와 달리 이과였던 그들은 고3 시절 담임선생님과 지금까지도 교류를 하고 있다고 해서 놀랐다.

지금은 없어진 교련 과목이 있던 시절이었다. 그때 교련을 담당하던 젊은 선생님은 아이들에게 인기가 매우 많았는데, 모 제약회사에 다니는 분과 결혼하며 교단을 떠났다. 그때 따르던 친구들이 많이 울었던 기억도 새로웠다.

잠시 후 그 선생님이 오셔서 모두 반갑게 인사를 드렸다. 사실 나는 한 학기 교련 수업을 들었을 뿐 마주친 기억이 별다르게 없다 보니 기억이 선명하진 않았지만 어쩐지 낯이 익기도 했다. 선생님과 친구들 사이에 앉아 이야기들이 사방으로 흘러갔다. 하는 일, 사는 곳 등 근황을 나누다가 친구들이 말했다.

"선생님은 서울에서 교편 잡고 계시다가 그만두시고, 지금은 강원도에서 펜션을 하고 계셔. 우리 모두 작년 여름에 거기 놀러 갔었는데 그 앞에 계곡이 얼마나 멋진지 몰라."

나는 건성으로 맞장구를 치다가 강원도라는 말에 "강원도 어디서 펜션을 하시는데…?" 하고 물었다. 나의 질문에 친구들이 "법수치라는 계곡인데…"라고 이야기한 순간, 갑자기 머릿속에서 전구 백만 개의 불이 한꺼번에 들어오는 기분이었다. 내가 펜션 이름을 말하자 친구들은 모두 놀랐다.

"맞아, 그 펜션. 유명한가 보던데 너도 가봤구나."

당황스러웠다. 이제 선생님께 내가 기억해낸 것을 말씀드려야겠다고 생각하며 멋쩍게 운을 뗐다.

"저기, 선생님. 제가 이제야 기억났는데요. 여러 해 전에 법수치에서 플라이 낚시모임 사람들과 그 펜션에서 모인 적 있어요. 펜션 사장님도 그 동호회 회원이셔서요. 아내분과도 함께 잠깐 어울렸는데 서울에서 중학교 사회 선생님 하신다고. 그날 초봄인데도 강원도는 춥다고 노란 패딩도 빌려주셨는데, 그날 뵌 걸 기억 못 했어요. 그

날은 또 선생님인 걸 기억 못 했고요. 죄송해요."

멋쩍어하며 머리를 긁적이는 나의 말에 선생님도 어쩐지 내가 무척 낯익더라고 하시며 피차 마찬가지였다고 박장대소하셨다.

후에 이 이야기를 전해들은 낚시꾼들은 다들 웃었다. "아니, 은사님도 못 알아보고 제자가 너무 한 거 아닙니까?"라며 한동안 놀림을 받았다.

낚시꾼들에게 전해들은 바로는, 선생님의 남편은 예전 들었던 것처럼 제약회사에 오래 근무하시다 은퇴하고 강원도에 펜션을 지었던 것이라고 한다. 일생 플라이 낚시를 취미로 해온 사람들 중엔 은퇴 후 물가에 살겠다고 이야기하는 사람들이 제법 있었는데, 그분은 그 소망을 현실로 이루어낸 분 중 하나일지도 모르겠다.

강원도에서도 백두대간을 넘어 편도 세 시간 반 넘게 걸리는 먼 계곡이다 보니 자주 찾지는 않았던 곳이 법수치였다. 하지만 내 낚시 인생에서 최초로 계곡물에 발을 담그고 낚싯대를 휘둘러본 곳 또한 법수치이기도 했다.

그래서인지 법수치는 늘 내게 남다르다. 한 해의 낚시를 시작하는 이른 봄이면 그곳에 먼저 가고 싶었고, 추워지며 계곡 낚시를 접는 늦가을엔 마찬가지로 그곳에 가서 한 시즌을 마무리하고 싶었다. 예전 처음 발을 들여놓았을 때의 법수치는 깊숙하고, 높으며 무척 외진 계곡이었으나 이제 그곳도 펜션이 많아졌다.

"낚시하러 가면 꼭 들러 인사하겠습니다, 선생님."

이렇게 인사하며 그날 선생님과 헤어졌지만, 그날 이후 법수치에 낚시를 하러 가도 이제 선생님을 만날 수는 없게 되었다. 다른 낚시꾼들이 들려준 소식에 의하면 펜션을 임대하시고 선생님 부부는 필리핀으로 이민을 가셨다고 했다. 이제 그곳엔 계시지 않는다는 것이다.

"예전엔 우리 펜션이 제일 깊었는데, 이젠 펜션이 어찌나 늘었는지 초입이 되었어"라고 아쉬워하시던 선생님의 얼굴을 떠올렸다. 두 분은 더 깊은 마을의 고요를 찾아가신 것일까.

그 이후로 또다시 많은 시절이 지나갔다. 여전히 나는 초봄 계곡의 얼음이 풀리는 때가 오면 법수치에 먼저 간다. 열일곱 해를 낚시꾼으로 살며 알게 된 계곡도 많고, 정붙인 곳도 많아졌다. 아무리 그래도 역시 법수치가 내게 남다른 것은 여전하다.

내 낚시의 시작이었던 소중함이 먼저 떠오르는 곳이 법수치이지만, 그 펜션 앞을 지날 때면 잠깐씩 선생님을 떠올리기도 한다. 사람 눈이 어두운 나는 혹시라도 또 선생님을 뵈면 못 알아뵐지도 모르겠다. 하지만 이국의 호젓한 어느 마을에서든 선생님이 건강하게, 가끔 법수치의 풍경을 떠올리며 행복하셨으면 한다.

아직 가을이므로 계곡 낚시의 시간은 남아있다. 강원도의 겨울은 서둘러 온다. 더 늦기 전에 법수치에 다시 한번 가보아야겠다고 맘먹는다.

모름지기 플라이 낚시꾼이라면

낚시꾼들의 모습은 참 다양했다. 최고가의 장비만을 가지고 다니며 뽐내는 부류도 있었고, 남들이 우습게 보거나 말거나 자신만의 싸구려 낚싯대를 사랑하는 사람도 있었다. 모든 장비를 풀세트로 갖추고, 심지어 옷과 액세서리까지 완벽하게 갖춰진 차림이어야만 진정한 낚시꾼의 자세라 하는 사람도 있지만, 편한 것이 최고라며 간단한 준비로 만족해하는 사람도 있었다. 모두 그런 것은 아니었지만, 복장을 제대로 갖추어 입지 않거나, 훨씬 저렴한 붕어나 배스 낚시의 용품을 써도 되는데 굳이 플라이 낚시 전용의 소품을 쓰면서 그런 것을 쓰는 사람을 터부시하는 예도 보았다.

그뿐만 아니라 오랜 낚시 경력을 가진 이들은 대부분 해박한 지식을 가지고 있었는데, 그 지식을 애써 자랑하는 이도 있었지만, 굳이 나서서 안다고 이야기하지 않아도 저절로 그 지식의 향기가 느껴지는 사람들도 있었다.

낚시라는 것이야 원래 인류의 생존 활동이었을 원

시시대부터 있었겠지만 취미 또는 레저스포츠로써의 플라이 낚시는 유럽의 귀족들로부터 시작되었다고 한다. 그래서일까. 낚시를 시작한 이후 낯설었던 것 중 하나가 일부 플라이 낚시꾼들의 이상한 선민의식이었다. 낚시꾼들이 종종 모이는 인터넷상에서 가끔 그런 글을 볼 때, 그리고 그런 글에 동조하는 댓글을 볼 때 혼자서 눈살을 찌푸렸다. 낚시는 그저 취미일 뿐 그 이상도 그 이하도 아니라고 생각하는 내게 "다른 낚시와 달리 교양과 수준이 있는 취미"라는 그들의 뉘앙스는 이해되지 않았다.

주로 송어를 낚는 것으로 시작된 플라이 낚시여서인지 낚시꾼들은 대부분 송어, 산천어, 그리고 이제는 보호 어종으로 지정되어 낚시할 수 없게 된 열목어를 낚았다. 강에서 누치, 끄리, 강준치 등을 잡거나 간혹 잉어, 붕어 등을 플라이 낚시로 낚는 사람들도 있었다.

그런데 계곡 낚시를 하는 사람 중에는 계곡이 아닌 곳에서의 낚시는 하지 않는 사람들도 더러 있었다. 단순히 취향으로 계곡에서의 낚시 외엔 하지 않기도 했지만, 가끔은 '모름지기 플라이 낚시라면'이라는 말을 붙여 마치 맑은 계곡에서의 플라이 낚시만이 순수한 혈통인 듯 말하는 사람들도 없지 않았다. 그들의 말속엔 플라이 낚시꾼으로서의 자부심도 물론 있었지만, 그것과는 다르게 오만이나 배타적인 감정이 느껴질 때엔 살짝 불편하기도 했다.

나는 별 저항 없이 순둥하게 끌려 나오는 붕어도 잡아보았고, 어찌나 힘이 좋던지 바닥에 붙은 것처럼 버티다 끌려 나오는 잉어도 낚아보았다. 탁한 물에서 플라이 낚시로 왜 그런 것을 잡으러 다니느냐며 핀잔을 주는 사람도 있었지만, 그 나름의 맛이 있었다. 붕어와 잉어를 낚았던 황구지천은 이제 낚시 금지지역이 되었으므로 지나치면서 그때를 가끔 생각할 뿐이다. 그뿐만 아니라 아직도 벚꽃이 필 즈음이 되면 금강의 끄리를 생각하고, 여름의 어스름한 저녁 어느 날엔 삼탄 강물에 들어가 낚던 강준치를 떠올리기도 한다.

플라이 낚시의 모토는 *'catch and release'*이다. 잡은 고기는 바로 물로 돌려보내 주는 것이다. 나는 잡은 물고기를 집에 가지고 오지 않는다. 물론 플라이 낚시의 모토가 이 *catch and release*인 탓도 있겠으나, 붕어나 쏘가리를 잡았을 때도 마찬가지로 물고기를 집에 들이지는 않았다.

하지만 드러내어 이야기하지 않을 뿐 간혹 잡은 것

을 먹었다는 소리를 듣기도 했다. 누구는 먹었다는 이들을 비난했다. 플라이 낚시의 모토를 지키지 않았다는 것이다. 잡는 족족 먹어 치운 것도 아니고 불법을 저지른 것도 아닌데 굳이 비난까지 할 일인가 싶었다.

오래 낚시를 했지만, 여전히 잘 잡지 못하는 나는, 딱히 잘 잡아야 한다고 생각하지도 않는 낚시꾼이다. 물론 잘 잡지 못하는 것에 그다지 스트레스를 받지 않는 사람이라 그럴 것이다. 낚시를 즐기는 방법은 다양하다. 큰 물고기를 잡는 것에 만족을 느끼는 사람도 있고, 마릿수를 올려야 기쁜 사람도 있다. 그러니 나처럼 그저 낚시하러 나니는 일 자체를 즐기는 사람도 있는 것이다.

한 낚시꾼은 가끔 우스갯소리로 말했다.

"취미에 목숨 걸지 말자고요."

취미로 하는 낚시인데 위험을 감수해가면서 험한 곳까지 일부러 들어가 하나라도 더 큰 것, 더 많이 잡겠다고 하지 말자는 소리였다. 또한 취미로 시작된 작은 일에 전투적으로 댓글을 달아가며 스트레스 받을 일도 아니라는 소리였기도 했다. 나는 그런 유연한 사고방식도 필요하다고 동감한다. 낚시는 그저 취미일 뿐이다. 그러므로 굳이 목숨 걸고 덤빌 일은 아니다.

나는 여전히 낚시가 즐겁다. 산천어를 낚고 싶었는데 갈겨니가 걸려들어도 괜찮고, 팔뚝만 한 송어를 잡는다는 이야기가 들려와도 내게 낚인 볼펜 크기의 송어도 나쁘지 않다. 낚시꾼이라면 대부분 아는 고가의 장비라면 나 역시도 한두 개쯤은 가지고 있지만, 오래 쓴 별 볼 일 없는 싸구려 장비도 마찬가지로 소중하다.

우리는 모두 자신의 방법으로 낚시를 즐기면 된다. 많이 잡든, 큰 것을 잡든, 강에서 잡든, 계곡에서 잡든 그들의 선택인 것이다. 금지된 곳에서, 금지된 물고기를 낚지 않으며 잡은 물고기는 다시 물로 돌려보내 주는 일을 지키는 것에 더해 다른 이의 낚시에도 박수쳐주는 낚시꾼이 되었으면 한다. 모름지기 진정한 플라이 낚시꾼이라면 그래야 하지 않을까 싶다.

법수치의 하루 낚시

내가 처음 계곡 낚시를 하겠다고 발을 담근 곳은 강원도 양양의 법수치 계곡이었다. 하조대 맞은편으로 깊숙이 들어와 만나는 계곡은 넓고, 깊고, 무엇보다 물이 맑았다. 지금처럼 펜션이 많지 않은 시절엔 더 맑고 좋았지만, 여전히 계곡물은 청량하기 이를 데 없어 보는 것만으로도 마음이 정화되는 기분이 든다.

처음 낚시를 시작했을 때, 계곡에선 물놀이조차 거의 해본 일 없는 도시아이로 자란 내게 모든 것은 시작부터 난관이었다. 깊은 곳은 소라고 불릴 정도로 아찔했지만, 대부분은 무릎에서 허벅지 정도의 깊이였다. 그런 계곡물에 물고기가 산다고 생각해본 일이 없었다. 더욱이 내가 낚싯대를 휘둘러 물고기를 잡는 것에 푹 빠질 줄은 상상조차 해보지 않았다.

이십 년에 가까운 낚시꾼 생활 동안 여러 계곡을 다녀보았다. 깊고 험한 곳도 있었고 이미 많이 알려져 익숙한 곳도 있었다. 그래도 역시 법수치는 나에게 남다르다. 처음 계곡 낚시를 시작한 곳이라는 이유로 어쩐지 나에겐 고향 같은 기분이 든다.

하지만 법수치는 낚시꾼들이 많이 찾는 곳은 아니다. 애초에도 물고기의 개체수가 많지 않은 계곡이었다고 하는데 근래엔 더 줄었다고들 했다. 뿐만 아니라 멀기로 따지자면 낚시꾼들이 많이 찾는 삼척의 오십천 못지않게 상당히 멀다. 강원도에서도 백두대간을 넘어 한참을 더 들어가야 했다.

하지만 사실 조과로 따지자면 나에겐 법수치만의 문제는 아님을 인정한다. 낚시꾼인 나에게 거의 대부분 계곡에서 물고기는 가뭄에 콩 나듯 잡히기 때문이다. 그럼에도 불구하고 매해 법수치를 빼놓으면 섭섭하다. 특히 계류 낚시가 시작되는 초봄과 그 마무리를 하는 늦가을엔 늘 찾게 된다. 말하자면 한 해 낚시의 시작과 끝을 법수치에서 하는 것이다.

날씨는 참으로 좋았다. 새벽에 바람이 좀 불었으나 해가 오르며 바람이 잦아들었다. 늦가을의 햇살도 적당했고, 지난주 정선의 동남천을 찾았을 때 그리 물이 없던 것에 비하면 수량도 나쁘지 않았다.

긴 계곡의 초입부터 더는 차가 갈 수 없는 꼭대기까지 오르내리도록 다른 낚시꾼은 보지 못하였다. 하긴 평일에, 가뜩이나 낚시꾼이 잘 찾지 않는 이 계곡에선 당연한 일인지도 모르겠다. 하마터면 물고기도 보지 못할 뻔했는데 다행히 서너 마리 만날 수 있었다.

그 넓은 물 어디에나 물고기는 있고, 동시에 어디에나 있는 것은 또 아니다. 그들은 모여있었고, 자주 지나는 길목이 있었다. 낚시꾼들이 우스개로 하는 말 중엔 '냉장고 포인트'라는 것이 있다. 냉장고에서 생선 한 마리 꺼내오 듯 아무 때나, 그 언제든 물고기를 잡을 수 있는 그런 포인트를 일컫는다. 물론 이런 냉장고 포인트는 자기만의 것으로 간직하고 있는 낚시꾼들이 많았다.

법수치엔 내가 스스로 생각하는 믿음의 포인트가 있다. 초봄의 가뭄에도 수량이 받쳐주고, 물고기들에게 산소를 공급하는 적당한 포말이 항상 있는 곳이다. 그 덕에 대부분의 계절에 산천어들은 그곳에서 떠나지 않고 머물러 사는 것 같았다. 낚시꾼들이 말하는 냉장고까지는 아니어도 나름 조과가 좋은 포인트이다. 나만 아는지, 법수치를 다니는 사람들이라면 모두 아는지 모르겠으나 아마 후

자일 듯하다. 이번의 낚시에서도 역시 믿음의 포인트에서 녀석들은 나타나주었다.

바람이 가라앉고 햇볕이 적당했지만 오전 내내 별다른 입질이 없었다. 반갑지 않은 잡어인 갈겨니의 입질조차 없었기에 살짝 불안했다. 이럴 때면 그 믿음의 포인트를 떠올리게 된다. 사실 그곳에는 단점이 하나 있었는데 몇 해 전부터 폭발적으로 늘어나는 차박 캠퍼들을 막으려는 목적인지 물가로 내려가는 길에 울타리를 쳐두었다. 사실 그 펜스가 아니라면 길옆에 차를 주차하고 차박하기에 그만한 장소가 없을 것이다. 실제로 차박 캠핑을 해본 적이 없는 내 눈에도 그리 좋아 보였으니 다른 사람들 눈에 달리 보였을 리가 없다.

한두 시간 낚시할 동안 차를 펜스에 바싹 붙여 주차하는 것은 어찌 할 수 있겠으나 문제는 그 펜스를 넘어가는 일이었다. 짧고 굵은 다리에 둔한 몸으로 매번 낑낑대며 그 펜스를 넘었다. 그렇게 넘어가 물가로 내려가니 역시나 수량이 적당하고, 포말도 충분했다. 물가에서 맑은 물을 한동안 내려다보다가 낚시를 시작했다. 잔입질이 따라왔다. 그러다 정오쯤 되니 갑자기 사방에서 마구 물고기들이 물 위로 뛰었다. 아마 물에 떠 있는 작은 벌레를 먹는 듯했다.

"무슨 일이야, 다들 열두 시를 기다렸어?"

혼자 웃으며 이런저런 미끼를 바꾸어 달아 수면에 던져 보았다. 입질은 모두 *CDC*였다. *CDC*란 오리의 항문 기름샘 주위에 모여 있는 솜털인데, 오리의 꽁지는 항상 뽀송뽀송한 점에 착안해서 그것을 재료로 미끼를 만드는 것이다. 그 덕에 부력이 좋고, 가뿐해서 움직임이 무척 자연스러운 미끼를 만들어낼 수 있었다.

오늘은 꼬리가 있든 없든, 색이 무엇이든, 크기가 어떠하든 상관없이 입질은 모두 *CDC*에만 있었다. *CDC*로 만든 미끼를 물고 나오는 녀석들은 모두, 산천어에 있는 타원형 무늬인 파 마크가 굉장히 선명하게 아름다웠다.

하루의 낚시를 접고, 그날 오후의 햇살이 만들어내는 반짝임을 보았다. 햇살은 소나무 숲의 뾰족뾰족한 잎들 사이로 내려앉았다. 포말을 일으키며 높고 낮은 소리를 내며 흘러가는 물살 위에도 내려앉아 부서졌다. 나도 잠시 그 햇살처럼 부서져 계곡 여기저기에 내려앉았던 시간이었다. 조용히 인사를 건네고 계곡을 나왔다.

'반가웠어! 우리 모두 다음에 만날 때까지 안녕하기를….'

부연동계곡

사람들은 말했다.

"요즘 그곳에 산천어가 잘 나온답니다."

"경치는 정말 그곳보다 더 좋은 곳이 없죠."

초보 낚시꾼은 아무 생각이 없었다. 낚싯대만 넣으면 알아서 물고기가 나오는 곳이 아닌 이상 초보자에게 조과가 보장되는 곳은 당연히 없다. 사람들이 '잘' 나온다고 이야기하는 것은, 적어도 나의 경우에는 기준이 다를 수밖에 없는데 그걸 몰랐다. 잡는 날보다 꽝 치는 날이 더 많은 시절이었으므로 잘 나온다는 말에 그만 솔깃한, 귀도 얇은 낚시꾼이었다. 게다가 초보 낚시꾼은 겁도 없었다. 그곳이 그렇게 험한 줄 알았더라면 아마 나는 갈 엄두를 못 냈을 것이다. 무식하면 용감하다더니 그 말이 딱 맞는 말인 것이 바로 내가 부연동계곡에 가게 된 것을 보면 안다.

부연동계곡이란 이름 자체로도 참 특이했다. 그때까지 내가 다녔던 계곡은 대부분 미산계곡, 동남천, 법수치 이런 곳들이었다. 부연동이라고 하니 ○○동 같은 도시의 행정지명을 먼저 상상하는 초보 낚시꾼은 그 상상 덕에 더더욱 겁이 없어졌다. 사람들이 분명 하늘 아래 첫 동네이며 사람 손을 타지 않은 계곡이라고 말할 때는 그 말의 의미를 다 흘려들었다.

부연동계곡의 행정지명은 강릉시 연곡면 삼산리라고 한다. 내비게이션을 따라 진고개 6번 국도에서 부연동 방향으로 들어섰는데 자칫 들어서는 길을 못 찾을 뻔했다. 국도에서 지방도로로 갈아타는 지도를 확인했는데 내가 상상하는 길은 거기 없었기 때문이었다. 다시 되돌아와 보니 과연 지방도로가 맞는 걸까 싶은 좁은 길이, 그것도 시작부터 가파른 오르막 경사가 시작되었다. 그 당시 나의 차는 경차였다. 나중의 이야기지만, 마티즈를 끌고 부연동계곡에 갔다 왔다고 했을 때 낚시꾼들의 표정은 하나같이 비슷했다. 지금도 그날의 부연동계곡을 오르던 일을 생각하면, 이제는 헤어진, 그 마티즈에게 감사함과 동시에 미안함을 함께 느낀다.

길은 좁고 가팔랐다. 포장된 길보다 비포장 길이 더 많았고, 교행이 불가능한 구간이 대부분이던 부연동계곡을 오르는 길을 떠올리면 사실 경치가 기억 속에 별로 없다. 경치를 본 것이 아니라 외길의 무서움에 덜덜 떨며 올랐으니 그럴 것이다. 길의 험함을 눈으로 확인하고, 몸으로 느끼고 나서 그제야 하늘 아래 첫 동네이며 사람 손을 타지 않은 계곡이라는 말이 실감 났다. 하늘 아래 첫 동네일만큼 높고 높았으며, 거칠고 위험한 길을 올라야 하니 사람 손을 쉽게 탈 리가 없는 것이 당연했다.

거의 꼭대기까지 올라가 부연마을 표지석까지 만났으나 마을은 코빼기도 보이지 않았다. 개울물이 졸졸 흐르고 있었다. 차를 세우고 개울물을 보자니 한숨이 나왔다. 설마 이 개울물이 부연동계곡은 아닐 터이지 싶으면서도 헛웃음이 났다. 그때 호랑이가 나와도 이상하지 않을 것 같은 산길에 *SUV* 한 대가 내려왔다. 일가족이 탄 듯 보였는데 창밖에서 나를 보는 그들의 표정엔 놀라움이 가득했다. 나 역시도 그 깊은 산속에서 만난 그들이 놀랍기는 마찬가지였다. 개울가에 앉아 바나나 하나를 입에 물었을 때 눈이 마주친 그들은 아마 두고두고 이야기하며 웃을지도 모르겠다.

'세상에 부연동계곡 그 깊은 데서 웬 여자가 혼자 물가에 앉아서 바나나를 먹고 있더라!' 하며.

결국 그날 나는 부연동계곡까지 가지 못했다. 그 개울이 부연동계곡인지 아닌지 의심하던 초보 낚시꾼은 흙먼지를 일으키며 내려가는 그 *SUV*를 멀뚱멀뚱 바라보다가 갑자기 낚시 의욕이 사라졌다. 산길이 무서워졌고, 가도 가도 부연동계곡은 나오지 않을 것만 같아서였다.

두고두고 그날의 일은 낚시꾼들에게 놀림거리가 되었다. 마티즈를 몰고 혼자 올라간 용기가 가상하지만 정말 위험한 일이라며 걱정해준 사람들도 있었다. 그들의 이야기를 들어보건대 나는 부연동계곡에 거의 다 갔던 거였다. 다들 내가 바나나를 먹었던 개울가를 이야기하니 어딘지 알겠다는 얼굴이었다. 거기서 조금만 내려가면 바로 마을이며, 부연동계곡이었다는데 그만 코앞에서 포기했던 것을 알았다.

무를 썰겠다고 칼을 뽑았으면 크든 작든 무를 썰어야 하는 사람이 나였다. 그러니 언젠가는 부연동계곡에 다시 가겠다고 맘을 먹었는데 여러 해가 지나서야 그곳에 다시 갈 수 있었다. 그 사이 경차는 소형차로 바뀌었고, 초보 낚시꾼은 낚시 경력만 초보를 면한 즈음이었다. 잡는 것은 초보 시절이나 별반 차이가 없었는데, 여전히 전투적인 낚시를 하지 않았으므로 그저 반은 놀러 다니며 즐거워했다.

초봄에는 비가 오지 않아 계곡엔 물이 없다고들 했다. 누군가 부연동계곡에는 수량이 좀 괜찮다고 말했으므로 팔랑귀 낚시꾼은 또 마음이 들썩였다. 하지만 호랑이가 나와야 정상일 것 같은 그 산길을 또 가자니 엄두가 나지 않던 차에 마침 일행이 있었다. 그들은 같은 동호회 회원이며 가까운 이웃이기도 한 부자 낚시꾼이었는데, 딸을 낚시꾼으로 만들기에 실패한 나로선 부자가 함께 낚시하는 모습이 참 부러웠었다. 유쾌한 그들 부자를 태우고 함께 부연동계곡으로 가는 산을 넘었다.

혼자가 아니라는 것은 엄청난 든든함이었다. 손에 땀을 쥐던 오르막길에서도 웃었고, 난간도 없는 아찔한 낭떠러지를 옆에 두고 가면서도 멀리 산아래를 보며 감탄했다. 그러면서 말했다.

"이런 길을 내가 마티즈로 넘었던 거네요. 미쳤었나 보네."

우리는 다 같이 웃었다. 물론 그때로 돌아간다면, 아마 또다시 마티즈로 이 고갯길을 넘어보겠다고 할지도 모를 일이긴 하다. 산길을 한참 오르며 돌고, 덜컹대다가 익숙한 그 개울에 도착했다.

"내가 여기서 바나나를 먹었다니까요!"

또다시 다 같이 웃었다. 웃으며 개울을 지나니 정말

허탈할 만큼 바로 부연동마을이 나타났다. 이 깊은 산속, 이 높은 곳에 상상하지 못한 마을의 풍경이 펼쳐졌다. 그리고 그렇게 여러 해 동안 상상하던 부연동계곡이 마을 앞을 지나며 흐르고 있었다.

그 초봄 이후 다시 부연동계곡에 간 일은 없다. 이제 겁이란 것이 생긴 낚시꾼은 혼자 부연동계곡을 넘을 생각을 하지는 않는다. 하지만 또 모를 일이다. 계곡마다 물이 없다는 초봄의 어느 날, 누가 "부연동계곡엔 물이 꽤 있다던데요!"라고 하면 앞뒤 생각 없이 그 호랑이가 나올 것 같은 산길을 또 달릴지도.

그 겨울의 낚시터

한겨울이면 낚시꾼들은 저수지에 모였다. 플라이 낚시는 주로 계곡에서 하는데 얼음이 덮이는 한겨울엔 관리형 저수지라 부르는 낚시터에 풀어놓은 송어를 낚는 것이다. 내가 처음 플라이 낚시를 시작한 곳도 그처럼 송어를 풀어놓은 낚시터였다.

인터넷에서 스치듯 사진 한 장을 보고는 검색으로 알아낸 것이 플라이 낚시였다. 플라이 낚시라고 하면 영화 〈흐르는 강물처럼*A River Runs Through It*〉이 먼저 떠오른다. 내가 인터넷에서 우연히 본 사진 속의 낚시꾼은 우리나라 사람이었는데 계곡에서 낚싯대를 휘두르고 있었다. 당연히 그가 누구인지 그때나 지금이나 알지 못한다. 다만, 영화 〈흐르는 강물처럼〉의 유명한 포스터 덕에 기시감이 있었던 것 아닐까.

그 사진에 꽂혀 플라이 낚시 가게를 검색했을 때 제일 먼저 알게 된 곳의 사장님은 경력이 오랜 낚시꾼이기도 했다. 플라이 낚시를 하는 사람들은 대부분 그를 알았다.

낚싯대와 용품들을 구입하고, 다음은 기본적인 것들을 배워야 했다. 캐스팅이라고 하는 낚싯줄을 던지는 동작이며, 상황에 맞게 미끼와 라인을 조절하는 방법 같은 것들 말이다. 그러나 주말마다 계획에 없던 일이 자꾸 생기던 나는 사장님과의 동행 출조를 하며 배울 시간을 맞추지 못했다. 결국 그분이 알려 주는 대로 평일 오전의 저수지 낚시터를 찾아갔다.

"가면 그가 다 알려 줄 것이다"라고 해서 믿었던 낚시터 사장은 없었다. 낚시 가게 앞마당에서 몇 번 낚싯대를 흔들어 본 것이 전부였던 나는 당황했다. 가뜩이나 평일 겨울의 저수지 낚시티에 웬 여자가 낚싯대를 들고 혼자 나타난 것부터가 신기한 구경거리였다.

나의 사정을 들은 낚시꾼들이 하나씩 도움을 주었다.

"저쪽으로 던져 보세요"라고 했지만, 미끼는 이쪽으로 날아갔다. "미끼는 이걸 달아보세요"라고 하면, 받아 든 미끼를 새로 다는 데만도 한참 걸렸으므로, 그들은 곧 말을 바꿨다. "아니 낚싯대 줘보세요. 제가 달아드릴게요."

"캐스팅할 때는요, 이렇게…." 열심히 시범을 보여주었지만, 몸으로 하는 건 대부분 못하는 사람답게 날아가다 꼬이고, 멀리는커녕 발 앞 3m를 넘기기도 힘들었다. 총체적

난국의 낚시였다.

그해 겨울, 그렇게 저수지 낚시터에서 종종 도움을 받았다. 평일 오전에 시간이 나서 낚시터에 오는 사람들은 얼추 비슷했다. 그랬으므로 그들은 내가 나타나면 먼저 다가와 아는 척 해 주었고, 도움을 주었다. "오늘은 수심을 좀 더 길게 주어 보세요"라고 하면 그 말대로 좀 더 깊이 미끼를 가라앉히기도 했다.

가끔은 저수지 테두리 그물에 붙어 다니는 녀석들을 쉽게 낚을 수 있는 '구멍치기'의 꼼수를 가르쳐주는 사람도 있었다. "이건 못 잡을 때 한 번씩만 해보시는 거예요. 습관 되면 절대 캐스팅이 늘지 않아요"라는 말도 덧붙였다.

플라이 낚시에선 쓰지 않지만 잡는 날보다 못 잡는 날이 많은 내가 안쓰러운지 스윽, 빨간 지렁이처럼 생긴 미끼를 건네는 사람도 있었다. "이건 플라이 낚시에선 좀 편법이니까 조용히 쓰셔야 해요" 하며 범죄 공모하는 사람처럼 웃고 지나갔다.

어쩌다 송어 하나를 낚으면 흥분해서 뜰채에 담지를 못했다. 허둥대고 혼자 난리를 떨고 있으면 또 누군가 다가와 대신 뜰채에 담아 건네며 말했다.

"사진 안 찍으세요?"

그렇게 해서 나는 거의 꽝 쳤고, 가끔 잡으며 그 겨울 저수지 낚시를 시작으로 플라이 낚시꾼이 되었다. 생면부지의 낚시꾼들은 모두 나의 스승이자 선배였던 덕에 그 이후 계곡도, 강도 다니며 낚시를 계속할 수 있었다.

그때 도움을 주었던 여러 낚시꾼 중에선 여전히 즐거운 조우로 남은 사람들도 많다. 그들에게 나는, 예나 지금이나 별반 잡는 건 없으면서 낚시 가는 길엔 늘 "다 죽었어!"라고 외치는 허당 낚시꾼의 이미지일 것이다. 하지만 내가 기억하지 못하는 낚시꾼들 역시 많을 테니, 그들은 아마도 어디에선가 웃으며 말할지도 모르겠다. 어느 해 겨울에 웬 여자 하나가 낚싯대를 둘러매고 와서 버벅대길래 조금씩 가르쳐 줬었지, 라고 말이다.

이제는 저수지 낚시터를 가지 않은 지 여러 해가 되었다. 계곡의 자유로움에 빠지고 나니 이제 저수지의 일렬로 선 낚시꾼들 사이에서 낚시하는 뻘쭘함은 견디기 어렵게 된 것이다. 하지만 아직도 겨울이면 가끔 그 겨울의 낚시터를 종종 생각한다.

그 겨울 추위 속에 낚싯대 끝엔 얼음이 달리곤 했다. 그때마다 낚싯대끝을 물에 담궈 그 얼음을 녹여가며 낚시했다. 참 열심이었고 신이 났던 시절이었다. 지금이야 여자들도 더러 하는 플라이 낚시지만 그 시절엔 거의 남자들뿐이었다. 그래도 그들 사이에 서서, 발 앞 3*m*에 미끼를 던지는 그 뻘쭘함도 괜찮았다.

지금도 나는 그리 실력 있는 낚시꾼은 아니다. 발 앞 3*m*는 아니지만, 그렇다고 영화 포스터 속 브래드 피트처럼 멋있게 낚싯대를 휘두르지도 못한다.

낚시하며 나이를 먹은 나는 이제, 너무 덥고 너무 추운 날은 낚시하지 않는다. 날씨 따위는 알아보지도 않고 그저 강원도로 날아가던 시절도 있었는데 말이다. 이제 온도, 풍속까지 체크하고도 최종적으로 귀찮음이라는 복병까지 물리쳐야 길을 나선다. 하지만 아직도 나는 가끔씩 그 겨울의 저수지 낚시터를 떠올린다. 겨울만 되면 그곳에 한 번쯤 가보고 싶어진다. 생면부지의 유쾌하고 따뜻하며, 적당히 오지랖 넘치는 낚시꾼들은 여전히 낚싯대 끝에 달린 얼음을 털어내며 낚시를 하고 있을 것이다.

시계 토끼를 따라가면

일 년에 한 번도 강원도를 가지 않았던 해도 많았다. 그런 사람이 매주 강원도를 옆 동네처럼 드나들기 시작했다. 깜깜한 새벽 두세 시면 낚싯대를 챙겨 들고 집을 나섰다. 초보 낚시꾼 시절이었던 십 년도 훨씬 더 된 일이다.

"낚시가 왜 좋아요?"라고 사람들이 내게 물었다. 그때나 지금이나 낚시라는 취미 자체가 여자들이 많이 하는 것은 아니다. 특히 나처럼 강원도 계곡에서의 플라이 낚시를 하는 여자가 드문 시절이었다. 그런 물음을 받을 때마다 고민했다. 물고기를 잡는 순간도 좋았고, 물고기를 잡으러 가는 시간도 좋았는데, 낚시가 왜 좋으냐고 물어보면 명쾌하게 댈 이유는 딱히 없었다.

처음 낚시를 시작했을 즈음 나는 일이 너무 많았고, 많은 일 중 놓을 수 있는 것은 없었다. 페달 밟는 일을 멈출 수 없는, 자전거를 타는 것 같은 일상이었다. 어느 날 우연히 인터넷에서 낚시하는 사진을 봤다. 넓은 물에서 리본

체조하 듯 기다란 낚싯대를 휘두르는 사진이었다. 휘어진 낚싯대 끝의 긴 낚싯줄은 허공에 부드러운 곡선을 그리는 채로 멈추어 있었다. 그 사진 한 장에 매료되어, 얼마 후 낚싯대를 손에 들고 그렇게 플라이 낚시를 시작했다. 인터넷 검색을 하다 알게 된 낚시꾼들의 블로그에서 정보를 얻고 도움을 받았다.

그들의 설명에 의지해 혼자 강원도 계곡을 찾아다녔다. 어쩌다 낚시꾼들을 만나 도움을 받기도 했다. 하지만, 대부분은 혼자였으므로 그대로 혼자가 편하고 익숙한 낚시꾼이 되었다. 남들은 보통 첫 출조에 잡는다는 산천어를 몇 달 걸려 잡았다. 사실, 처음에는 피라미와 산천어조차 구분하지 못해서 피라미를 잡고도 대상어인 산천어인 줄 알고 환호하는 수준이었다.

낚시도 운동감각과 관련이 있는 걸까 가끔 생각했다. 운동과는 담 쌓던 사람이어서인지 낚시 실력도 늘지 않았다. 어복이라는 것은 타고나는 부분일지도 모른다고 생각했다. 나는 어복도 없었다. 한 마리면 충분했고, 서너 마리 잡으면 만선이나 다름없었다.

어느덧 십육 년이 흘렀다. 처음 낚시를 시작했던 몇

년간은 일주일에 두세 번을 강원도 계곡으로 들어간 적도 있다. 피라미와 산천어도 구분 못 하고, 잡는 건 별반 없었지만 불꽃같던 낚시 인생이었다고 지금도 혼자 웃는다. 그 시절에 비하면 지금은 좀 더 여유를 즐기는 낚시꾼이 되었다. 나는 여전히 혼자 다니는 낚시꾼이다. 그때나 지금이나 한 마리 낚으면 충분하고, 서너 마리 낚으면 대박이라고 말하는 수준이다.

처음 낚시를 다니던 시절, 영동고속도로의 강천터널을 지나 다리를 건너면 강원도 표지판이 나오는 그 순간을 좋아했다. 시계 토끼를 따라 이상한 나라로 들어간 앨리스가 된 기분이었다. 지금도 강천터널을 지날 때면 저 앞 어딘가에서 나를 따라오라 손짓하고 있을 시계 토끼를 상상한다.

아직도 물가에 서면 사람들이 간혹 내게 던지던 질문이 떠오른다.

"낚시가 왜 좋아요?"

여전히 물고기를 잡는 것도 좋고, 물고기를 잡으러 가는 길도 좋아한다. 그러나 사실 진짜 좋아하는 순간은, 낚시를 하다 찾아오는 적요의 시간이다. 인가도 흔치 않은 강원도 계곡엔 차도 잘 지나가지 않는다. 물가에서 잠시 눈을 돌리면 하늘에 구름이 떠가고, 바람이 산의 나무를 흔드는 풍경이 보인다. 조용한 동네에선 간혹 개 짖는 소리가 난다. 가만히 눈을 감으면 흐르는 물소리가 들린다. 좀 더 집중하면 나를 스치고 지나가는 바람의 소리가 들릴 것도 같다.

그러한 적요의 순간, 그 순간이 좋아서 낚시를 하는지도 모르겠다. 잠시 인생의 페달을 멈추는 순간이다. 물론, 그런 적요의 순간은 일단 한 마리라도 낚아야 찾아온다. 나는 어쨌거나 낚시꾼이니 말이다.

홍시

홍시 한 상자를 주문했더니 아직 덜 익은 감이 담겨 왔다. 숟가락으로 떠먹는 맛있는 홍시가 되려면 기다림이 필요했다. 홍시는 한두 개씩 더디게 익었지만, 기다린 만큼 달콤하고 맛도 있었다. 식탁 위에 올려두고 익기를 기다리는 홍시를 보다가 문득 그 노래를 떠올렸다.

"생각이 난다. 홍시가 열리면 울 엄마가 생각이 난다."

휴게소의 야외테이블에 낚시꾼 셋이 모여 앉아 있을 때 노래가 나왔다. 사실 트로트를 들을 일이 별로 없다 보니 무슨 노래인지 알지 못했는데, 신기하게도 귀에 쏙쏙 들어왔다. 나는 모르는 그 노래를 그들은 흥얼흥얼하기에 무슨 노래인지 물어봤다.

그 노래의 제목이 〈홍시〉라는 것을 그날 처음 알게 되었다. 그날 이후로 그 노래를 들을 때면 가을이 끝나가던 어느 날 오후 국도변의 휴게소 풍경이 떠오르곤 했다.

가을은 끝나고 아직 겨울은 오지 않았던 그날, 나는

정선의 동남천에서 송어를 잡겠다는 꿈에 부풀어 계곡에 들어가 있었다. 그것을 알고 블로그의 오랜 이웃인 낚시꾼은 일행과 함께 찾아왔다. 그들은 그때까지 송어를 낚지 못하고 있던 나에게 잘 잡히는 포인트를 알려 주고, 옆에서 지켜보며 훈수를 두었다.

"저쪽으로, 조금 더 멀리 던져 보세요."

"살짝만 줄을 당겨보세요."

훈수대로 이쪽저쪽으로 그들이 달아 준 미끼를 날리고, 기다리고, 수면을 응시하던 중 소망하던 송어를 드디어 낚을 수 있었다. 낚은 나만큼이나 그들도 함께 환호하며 즐거워했다. 막상 정선에서 송어를 낚지 못하고 있다는 말에 진부에서 낚시하다가 넘어온 그들은 낚싯대도 펴지 않은 채 나의 낚시를 도와준 것으로 끝이었다. 즐거운 낚시를 마치고 오후에 다 같이 집으로 향했다. 휴게소에서 잠시 쉬고 있을 때 그 트로트 음악이 나왔던 것이다.

친하게 지내는 낚시꾼들은 여럿 있어도 동호회에 가입한 적은 없었는데 그들의 동호회에 가입하게 된 것은 〈홍시〉를 듣던 바로 그날이었다. 그날을 계기로 나는 그들의 동호회에 가입했고, 이는 당시 십 년 넘은 낚시 인생에 처음 가입한 동호회였다.

사실 말이 동호회지 규칙 따위도 없고, 딱히 모여서 함께 동행 출조를 하는 것도 아닌 편한 낚시꾼들 열 명쯤이 모인 모임이었다. 아버지와 아들도 있었고, 회사 동료도 있으며, 심지어 사장과 직원도 있다. 그 외의 멤버들 역시 모두 편했고, 유쾌하기 그지없었다.

늘 못 잡는 낚시꾼이라 구박하는 듯해도 소소한 것부터 챙겨주는 것도 그들이었다. 낚시 경력이 얼마인데 그런 것도 모르냐며 타박하다가도 전문가 급 지식으로 도움을 주기도 했다. 마치 포털사이트의 지식인 검색을 하는 것처럼 뭐든 물어보면 다 알려 주는 사람들이었다.

함께 〈홍시〉를 들었던 낚시꾼 중 한 명의 자녀가 결혼한다는 청첩장을 받았다. 그의 첫째 아들은 같은 동호회원이지만, 둘째 아들은 낚시를 썩 즐기지 않아도 "어복이 있다"라고 했다. 어복이 있는 사람이라면, 잡는 게 별반 없는 나 같은 꽝 조사가 제일 부러워하는 사람이다.

청첩장을 다시 들여다봤다. 여러 해 모임을 함께 하다 보니 학교 다니고, 군대에 가고, 결혼한다는 소식까지 듣는다. 과정이 있는 이런 서사를 접할 때, 세월의 속도를 새삼 실감한다.

내가 혼자 낚시를 오래 해왔다고 해서 독학으로 낚시를 배운 것은 절대 아니다. 더러 알게 된 낚시꾼들의 도움을 참 많이 받았고, 여전히 받고 있다. 그러고 보면 모임의 회원들 외에도 나에겐 참 많은 낚시 선생님이 있었다. 그들은 혼자만 알고 있던 계곡을 알려 주기도 했고, 계절에 맞는 미끼며 포인트를 귀띔해주기도 했다. 혼자 다녀 잘 알지 못하는 낚시꾼들의 이야기들을 들려주는 것도 그들이었다. 나 혼자의 낚시 시간을 좋아하긴 하지만, 동행출조를 하면서 그렇게 배우는 시간도 역시 낚시를 즐기는 방식 중 하나였다.

빈손으로 꽝 낚시를 하고 돌아올 때면 늘 "이제 낚시는 때려치울 거야!"라고 했다. 그랬다가도 또 금세 잊고, 낚시 갈 때면 두 손을 불끈 쥐며 외쳤다.

"이번엔 다 죽었어!"

참 변치 않는 이런 얼치기 낚시꾼이니 내가 언제든 초보 낚시꾼에게 선생님 노릇을 할 날은 오지 않을 듯하다. 나 혼자만 알고 있는 멋진 포인트를 발견했을 리도 만무하다. 그러니 후배에게 도움을 줄 선배 노릇도 불가능하다. 다만 나는 오래도록 즐겁고 유쾌한 낚시친구로는 남고 싶다.

접시 위에 올려놓은 홍시가 익어간다. 떫은맛은 사라지고, 맑고 투명한 홍시는 단맛 가득 입안을 채울 것이다. 며칠만 더 기다렸다가 딱 알맞게 익은 홍시를 맛볼 즈음엔 또다시 국도변의 한적한 휴게소 앞마당이 떠오를 것 같다.

곤충 소년과의 낚시

학원의 아이들은 저마다 별명을 갖고 싶어 했다. 나는 오랫동안 수학학원을 운영하며 주로 중고생을 지도했는데, 아이들마다 별명을 지어 불러주곤 했다. 작정하고 짓는 것이 아니라 우연한 기회에 별명이 만들어졌다. 졸다가 깨서 "부대찌개요!"라며 엉뚱한 말을 한 덕에 '찌개'라는 별명을 갖게 된 아이도 있었고, 작고 귀여운 외모를 가져서 '뚜지'가 된 수지라는 아이도 있었다.

곤충 소년은 말 그대로 곤충을 좋아해서 붙여준 별명이었다. 사실 좋아한다는 수준을 넘어선 전문가에 가까운 곤충 애호가였다. 곤충 소년은 우리나라에서 학교를 다녔더라면 중학교 2학년이어야 했지만 필리핀 유학 후 돌아와 학년 수업을 따라가지 못했다. 그래서 한 학년 아래로 편입을 했는데, 또래보다도 큰 덩치에 생글생글 웃는 얼굴을 하고 있었다.

곤충 소년은 그 또래 남학생들이 몰래 손대보는 담배나 술에도 관심이 없었고, 게임도 하지 않았다. 그 녀석의 관심사는 오직 곤충이었다. 겨울이면 아이젠을 신고 산에 들어가, 죽은 나무를 쪼개어 곤충알을 채집해 성충으로 길러냈다. 그 성충을 팔아서 용돈도 스스로 번다고 했다. 어느 날부터는 박제 요령을 배워 기르던 성충이 죽고 난 후엔 박제를 해서 팔기도 한다는 말에 놀랐다. 그의 별명이 '곤충 소년'이 된 것은 어쩌면 당연했다.

아이들에게 가끔 낚시 이야기를 해주었는데, 특히 곤충 소년이 굉장히 관심을 가졌다. 기회가 되면 자기도 해보고 싶다고 늘 말했다. 어느 겨울방학에, 플라이 낚시라는 것이 너무나 궁금하다는 곤충 소년을 데리고 가까운 신갈저수지에 갔다. 지금은 낚시 금지구역이 된 신갈저수지이지만 그 시절엔 집에서 가장 가까운 송어 낚시터였다. 어설픈 낚시꾼이 제자를 데리고 가서 멋지게 한 수 낚는 것을 보여주면 좋았겠지만 그럴 수 있다면 내가 꽝 조사일 리가 없지 않은가. 역시 그날도 꽝 낚시를 했고, 불고기백반만 엄청 배부르게 먹고 헤어졌다.

그 이후 곤충 소년은 고등학교 진학 대신 검정고시를 선택했고, 얼마 후 아쉬워하며 학원을 그만두었다. 학원을 그만둔 이후에도 가끔 연락하고 찾아오기도 했는데 성인이 된 곤충 소년은 드럼연주자로 활동하고 있었으며,

메신저 프로필 사진을 통해 근황을 간접적으로 알 수 있을 뿐이었다. 어느 해 불쑥 나타난 곤충 소년은 말했다.

"저 플라이 낚시해보려고 이것저것 샀어요."

그가 새로 샀다는 낚싯대를 가지고 학원 뒤편의 공터에 가서 우리는 낚싯대를 흔들어 보았다. 제법 좋은 브랜드의 낚싯대와 릴을 샀구나, 했다. 내가 공터에서 캐스팅하는 것을 보고 곤충 소년이 감탄했다.

"와! 역시 쌤이 하니까 다르네요. 진짜 멋있다!"

사실 낯간지럽고 뜨끔했다. 내 캐스팅 폼이 좋을 리는 없는데 이제 처음 낚싯대를 손에 잡은 그의 눈에는 뭔들 멋있지 않겠는가.

플라이 낚시에선 미끼를 만드는 타잉 외에도 독특한 것을 꼽자면 캐스팅이 있다. 캐스팅의 요령을 제대로 배워야 멋지게 라인을 날릴 수 있다.

낚시꾼들마다 캐스팅 폼은 비슷한 듯하면서도 모두 느낌이 달랐다. 부드러운 동작을 여성스럽고 우아하게 하는 사람도 있었고, 힘차고 씩씩한 루프를 그려내는 사람도 있었다. 캐스팅은 단순히 보기에 멋진 것뿐 아니라 정확하고 유려한 솜씨로 원하는 지점의 수면에 살포시 훅을 던져놓는 것이기에 조과와도 직결된다고들 했다.

나는 이 사람 저 사람에게서 훈수를 받고 요령을 얻어들으며 낚시를 배운 셈인데 사실 낚시꾼마다 저마다의 습관이며 기준이 모두 달랐다. 그 덕에 짜깁기하듯 배워놓아서인지 내 캐스팅 폼이란 것도 사실 그렇게 좋을 리는 없었다. 게다가 짧고 굵은 팔다리로 뭐 그리 멋있는 모양새를 기대하는 것도 무리였다.

곤충 소년은 감탄을 하며 멋지다고 환호했지만, 언젠가 연륜이 쌓인 낚시꾼이 되면 그제야 알게 될 것이 분명하다. '사실 그때 선생님의 캐스팅 폼은 참 엉성했구나' 하고. 하지만 그때까지는 곤충 소년의 환상은 굳이 깨고 싶지는 않아서 캐스팅하는 팔에 힘이 들어갔다.

그 이후 뒤늦게 지방의 대학에 진학하고, 군대에도 갔을 세월을 지나며 이제는 곤충 소년과 연락이 끊긴 지 꽤 되었다. 하지만 가끔 신갈저수지를 지날 때면 한 번씩 곤충 소년을 생각한다. 어디에선가 여전히 곤충을 기르고 있을까. "드럼 다섯 개를 놓고도 연주할 수 있어요!"라며 해맑게 웃던 그 모습은 여전할까. 그리고 지금쯤은 길고 긴 낚싯줄로 멋진 루프를 만드는 캐스팅쯤은 당연히 할 수 있는 낚시꾼이 되었을까. 어쩌면 곤충 소년은 그가 기르고 박제한 곤충들을 그대로 본뜬 멋진 훅을 만들어 그것으로 어느 흐르는 물가에서 낚시하고 있을지도 모를 일이다.

낚시를 하다 말고 잠시 멈춰 서서 우두커니 흐르는 물을 바라볼 때가 종종 있다. 그렇게 물을 보고 있노라면 흘러간 참 많은 것들이 문득 생각나곤 했다. 마치 우리가 사는 시간처럼 물은 흘러갔다. 곤충 소년과의 한때 역시 멀리 흘러갔지만, 문득 떠올릴 때마다 슬며시 웃게 되는 기억들이다. 한 가지 작은 바람이 있다면, 나의 제자 곤충 소년이 나를 떠올릴 때면 신갈저수지에서의 꽝 낚시 말고, 공터에서 보여준 '멋지다고 오해한' 캐스팅을 먼저 기억해 줬으면 하는 것이다.

오사카의 입 낚시

"무조건 산스이는 일정에 넣어야지!"

일본 도쿄행 항공권을 예매하고 나서 나의 첫마디는 이랬다. 팬데믹이 끝난 것은 아니지만, 여러 나라로 가는 문이 다시 열리고 있다. 지난 봄, 미국의 언니에게 다녀온 이후, 가족과 함께 하는 여행을 계획하며 이렇게 '산스이'부터 외쳤다. 팬데믹 이전의 모습을 기억하는 그곳이 지금도 여전할지 무척 궁금했다.

나는 여행을 좋아해서 틈나는 대로 국내외의 많은 곳을 돌아다닌다. 집에서 하루 푹 쉬어야 피곤이 풀린다는 사람도 있지만, 나는 휴일 하루를 집에서 보내면 시간이 아까웠다. 그렇기에 글만 쓰는 지금과 달리 매일 출퇴근하던 그 시절엔 일주일에 엿새를 일하고 남은 하루는 어딘가로 나가야 하는 사람이었다.

낚시꾼들은 이런 점에서 다들 비슷한 듯하다. 엿새 동안 일하고 하루 낚시하는 게 아니라, 하루 낚시를 하기 위해 엿새를 일하는 거라고 어느 낚시꾼이 말해서 웃었던 기억이 있으니 말이다.

하지만 그렇게 떠난 여행의 일정은 늘 빠듯했다. 명절 전후에 휴일을 좀 더 써가며 그나마 먼 곳을 가기도 했지만 역시 부담 없이 갈 수 있는 곳은 가까운 아시아, 그것도 일본이었다. 여행 경로에는 꼭 낚시점을 들르고 싶었다. 비록 함께 가는 가족이나 친구들은 모두 낚시 문외한이었으나 낚시꾼의 본성을 버리긴 쉽지 않은 법이니 은근슬쩍 구글 검색으로 낚시점을 찾곤 했다.

소도시에선 플라이 낚시점을 찾기가 쉽지 않았지만, 도쿄나 오사카 같은 곳에선 끈질긴 검색을 통해 플라이 낚시점을 알아냈다. 특히 가장 유명한 곳이 도쿄의 산스이 낚시점이었다.

처음에 도쿄 여행을 갔던 때에 목표는 딱 하나 '산스이 낚시점'이었다. 1902년에 개업했다는 역사를 생각하면 굉장한 곳이다. 루어, 찌 낚시 용품도 다양했지만 역시 내가 궁금한 것은 플라이 낚시 용품이었다. 우리나라에서 플라이 낚시를 할 때 쓰고, 입는 것들 중에는 일본의 제품이 많다. 그러니 낚시꾼에게는 일본 낚시점을 구경하는 것은 꽤나 흥분되는 일이다.

함께 간 남편은 일본어를 할 줄 알지만, 낚시에 관

해서라면 조금의 흥미도 없는지라 물건을 봐도 뭐가 뭔지 모르는 사람이었다. 위아래 층의 매장을 오르내리며 나는 흥분했고, 우리나라에선 보지 못한 낯선 용품들을 보면 통역을 부탁했다. 하지만 일본어를 할 줄 알아도 낚시의 '낚' 자도 몰랐으므로 그들의 낚시 용어를 내게 정확하게 전달해주는 데에는 한계가 있었다.

그 이후에 갔던 곳은 오사카였다. 검색으로 플라이 낚시점을 알아내는 데에 실패한 나는, 묵고 있는 호텔의 직원에게 물었다. 그가 알려준 곳은 관광지에서 먼 주택가였다. 구글 지도를 앞세우고 찾아간 그 낚시점은 2층에 있었다. 한적한 길가에 자리 잡은 건물의 좁은 계단을 올라가 만난 낚시점은 가게라기보다는 사무실이나 공방 같은 느낌의 장소였다. 간판이랄 것도 없이 입구의 문패처럼 작은 안내판 하나뿐이어서 정확한 상호도 잊었다. 굳이 해석하자면 '초보자들의 엄마'쯤이라고 기억할 뿐이다. 상호답게 주인장도 여자 분이었다.

그날 그 낚시점의 분위기를 떠올릴 때마다 늘 함께 떠오르는 것은 일본의 드라마 〈심야식당〉이다. 그런 분위기의 소박하고 따뜻한 곳이었다. 연세가 지긋한 낚시꾼 서

넛과 역시 중년을 넘긴 여자 주인이 난로를 가운데 두고 앉아서 이야기를 나누다가 낯선 외국인의 등장에 잠시 얼음 모드가 되었다. "스미마셍"으로 시작해 뜰채 하나를 집어 들고 조금 더 작은 사이즈를 찾는다는 바디랭귀지를 펼치기 시작했던 그 순간이 아직도 생각난다. 나는 그때 뜰채에 관심이 있어서 이것저것 봤으나 모두 큰 뜰채뿐이었다. 사실 볼펜 사이즈 한두 마리 낚는 게 전문인 낚시꾼에게 팔뚝만 한 송어가 들어가야 맞을 듯한 뜰채는 과유불급이니 말이다.

어설픈 단어 한두 마디로 물어보다 서로 답답해지던 중에 낚시꾼 하나가 핸드폰의 번역 화면을 꺼내 들었다. 지금이야 구글 번역기로 입국심사도 했고, 미국에서 낚시 면허도 살 수 있게 되었지만 십 년쯤 전에 그 기능은 지금처럼 보편적이지 않았으므로 낚시점에서 볼 줄은 몰랐다. 그들은 한국어를 할 줄 몰랐고, 나 역시 일본어는 인사 몇 가지 하는 것이 고작일 뿐 그 이상은 불가능했지만, 그날 꽤 오래 이야기를 나누었다.

잡히는 어종이며 사이즈 같은 이야기들이 주종이었는데 눈치로 알아듣고, 때로는 바로 번역을 할 줄 몰라 영어로 보여주고 서로 끄덕끄덕하며 또다시 각자의 언어로 번역해서 이해하는 식이었다. 신기한 일이지만, 우리는 서로의 말을 잘 알아들을 수 없었는데도 그날 엄청 많이 웃었다. 구경하고 금방 내려오겠지 하며 아래층에서 기다리던 남편과 딸이 기다리다 지쳐 올라오지 않았더라면 아마도 도낏자루 썩는 줄 모르고 일본의 낚시꾼들과 서로 '번역기 입 낚시'를 계속했을 것이다.

낚시꾼들은 종종 '입 낚시'를 한다는 소릴 한다. 실제로 물에서 낚시를 하는 것이 아니라, 낚시꾼들끼리 모여앉아 낚시를 주제로 우스갯소리며 잡담을 하는 것을 말한다. 생각해보면 오사카 그곳에서의 시간도 그 입 낚시의 시간이었다.

그 이후에도 일본을 여러 번 갔지만 오사카를 다시 들른 적은 없었다. 그래도 가끔 오사카의 플라이 낚시점을 검색해보곤 했다. 하지만 큰 간판을 걸고 영업하는 것도 아니던 그곳을 좀처럼 찾을 수가 없었다. 마치 동호회 사무실처럼 낚시꾼들이 모여 이야기 나누던 그곳의 정확한 상호도 기억나지 않으니 그저 아쉽기만 하다.

그날 나는 그곳에서 맘에 맞는 크기의 뜰채를 찾지 못한 대신 크기가 작고 소리가 예쁜 릴을 하나 사가지고 왔는데 지금도 종종 그 릴을 볼 때마다 따뜻한 그림이 그려진다. 오사카의 변두리 어디쯤, 허름한 건물 2층의 난로가에 모여 앉은 늙수그레한 낚시꾼 서너 명의 유쾌한 웃음소리가 들리는 것도 같다. 그때마다 '오사카의 그 낚시점에선 요즘도 그렇게 즐거운 입 낚시가 이어지고 있으려나' 하며 그저 멀리서 궁금해 할 뿐이다.

내가 낚시를 오래 해왔고, 글을 쓰는 것을 아는 주변 사람들은 말했다.

"낚시 이야기를 써보세요."

그때마다 나는 웃으며 대답했다.

"뭘 잡는 게 있어야 조행기라고 내놓을 텐데, 저는 '낚시를 하러 갔다'로 시작해서 '꽝 쳤다'로 끝나는 것을 반복할 것 같은데, 쓸 이야기가 있을까요?"

그러던 어느 날 그 낚시를 하겠다고 새벽 세 시에 집을 나서 영동고속도로를 달리고 있을 때였다. 어두울 때면 누구나 헤드라이트를 켜고 운전한다. 도시의 빛이 밝고, 양옆에 오가는 차들이 많은 도로에서라면 온전한 내 차 헤드라이트 불빛을 알 수는 없다. 하지만 가로등도, 도시의 먼 불빛도 없는 깜깜한 고속도로를 혼자 달리는 그 순간, 내 차의 헤드라이트 불빛만이 길을 열며 퍼져나가는 모양을 봤다. 그때 생각했다.

'어쩌면 내가 쓸 이야기가 있을 수도 있겠구나.'

그날의 조과는 잊었지만, 책 한 권을 만들어낸 시작이 되었으니 대어를 낚은 셈이다.

2005년 늦가을은 내 인생에서 가장 바쁜 시기였다. 휴일엔 좀 쉬지 뭐 하러 그 먼 데까지 위험하게 낚시를 가느냐는 소리를 종종 들었다. 하지만 낚시를 했기에 그 시절의 파도를 타고 넘었는지도 모를 일이다. 나에게 낚시란 것은 늘 그랬던 것 같다.

겨울에 생각하는 봄은 참 멀었다. 장맛비가 내리는 여름엔 가을이 또 그렇게 멀었다. 낚시하기 가장 좋은 때는 역시 봄과 가을이었으므로, 그렇게 다음 계절을 기다렸다.

낚시꾼들은 주로 주말에 낚시했다. 누군가 말했다. 토요일보다 일요일 조과가 떨어지고, 일요일보다 월요일 조과가 떨어진다고. 낚싯바늘에 걸려본 물고기는 학습효과가 생긴다는 이야기였는데 그때 철모르는 낚시꾼이었던 나는, 아마 이렇게 대답했던 것 같다.

"물고기 기억력이 3초라던데요?"

이제는 안다. 사실 물고기들만큼 똘똘하고 눈치 빠른 녀석들도 없다. 물고기들은 귀 없이 듣고 코 없이 냄새를 맡는 존재들 같았다. 3초의 기억력이라니 그건 어림없는 이야기다.

그들의 이야기를 담았고, 그들과 나눈 이야기를 썼다. 그 말들이 담긴 이 책 역시 물고기 같았으면 좋겠다. 귀 없이 많은 것을 듣고, 코 없이 향기로운 냄새를 맡고, 눈 없이 다양한 독자들을 만나봤으면 한다.

플라이 낚시의 모토는 *'catch and release'*이다. 나 역시 물에서 건진 이야기들을 이제 *release* 할 시간이다. 내가 놓아준 이야기들이 계곡을 따라 더 큰물로, 더 멀리 헤엄쳤으면 하는 소망을 간직한 채 나는 이야기를 담았던 뜰채의 물기를 털고, 발걸음을 다시 옮긴다.

"가자! 다음 포인트로!"

부록1

플라이 낚시의 소개

1) 플라이 낚시란 무엇인가요?

플라이 낚시의 역사는 길지만, 우리나라에선 1980년대부터 본격적으로 시작되었습니다.
무게가 나가는 라인을 이용해 벌레를 본뜬 가벼운 미끼(플라이)를 멀리 날려 보내 물고기를 낚아냅니다. 이 때, 라인을 멀리 날려 보내기 위한 특유의 동작을 '캐스팅'이라고 합니다.
대부분은 플라이 낚시라고 하면 영화 〈흐르는 강물처럼〉의 포스터 속 브래드 피트가 낚싯줄을 날리는 장면을 떠올리실 겁니다. 그게 바로 캐스팅입니다.

2) 준비해야 할 것은 무엇인가요?

전용 낚싯대와 릴, 뜰채, 방수 바지인 웨이더, 계곡에서 신는 계류화, 그리고 벌레를 본떠 만든 미끼인 플라이가 있어야 합니다. 특히 '훅'이라고도 부르는 플라이를 만드는 것을 '타잉'이라고 합니다. 보통 조류나 짐승의 털, 가죽 등을 주재료로 곤충을 본떠 만듭니다.

대부분의 낚시꾼은 스스로 만들어 쓰지만, 전문적으로 훅을 만들어 판매하시는 분들도 많습니다.

3) 어떤 물고기를 어디에서 낚나요?

플라이 낚시는 바다, 강, 호수, 계곡 어디서든지 가능합니다. 강에서 끄리, 눈불개, 강준치, 누치 등이, 계곡에서는 냉수성 어종인 송어, 산천어가 주로 낚입니다. 특히 강원도 정선 동남천의 무지개송어, 삼척 오십천의 산천어, 그리고 요즘은 춘천 소양강의 브라운송어가 유명합니다.

또 하나! 플라이 낚시의 모토는 'catch and release'입니다. 잡은 물고기는 반드시 물로 돌려 보내주세요. :)

부록2

물고기의 종류

- **송어**: 연어과에 속하는 바닷물고기로, 몸빛은 등쪽은 농남색, 배쪽은 은백색이고 옆구리에는 암갈색의 반점이 있다.

- **무지개송어**: 산란기에 붉은색의 무지개빛을 띈다. 냉수성 물고기로,강 상류나 계곡, 혹은 산 속의 호수에 서식한다.

- **브라운송어**: 브라운트라우트(Brown trout)라고도 불린다. 형태는 석조송어를 닮았으나, 몸 쪽에 직자색 세로띠가 없고 검은색 점이 크고 드문드문하므로 구별이 된다.

- **산천어**: 연어목 연어과의 민물고기. 우리나라의 토종 물고기로 생김새가 송어와 아주 비슷하다. 산소가 풍부한 계곡 상류의 맑은 물에서 살며 대부분 동해로 흐르는 계곡에 분포한다.

- **잉어**: 인류가 양식한 어류 중에서는 가장 오랜 물고기이다.

- **향어**: 잉어목 잉어과의 민물고기로, 우리나라의 대표적인 낚시용 물고기이다.

- **갈겨니**: 잉어목 잉어과의 민물고기. 몸통이 길고 옆으로 납작하다. 피라미와 비슷하며, 영동지역 북부를 제외한 전 하천에 분포한다.

- **열목어**: 연어목 연어과의 민물고기. 냉수성 어종으로 여름에는 물속 차갑고 깊은 곳, 늦은 가을과 겨울에는 얼음 밑에 서식한다. 몸은 길고 옆으로 납작하다.

- **쏘가리**: 물이 맑고 큰 자갈이나 바위가 많으며 물의 속도가 빠른 큰 강의 중류 지역에 산다.

- **강준치**: 우리나라 내수면에 사는 대형급의 회유어로서, 다 자라면 길이가 1미터를 훌쩍 넘어간다.

- **블루길**: 농어목 검정우럭과의 민물고기. 번식력과 적응력이 강하다.

- **배스**: 물의 흐름이 없는 호수나 하천에서 새우 종류나 작은 어류를 먹는다.